诗品全译

中国历代名著全译·丛书

[梁] 钟嵘 著
徐达 译注

贵州出版集团
贵州人民出版社

中国历代名著全译丛书
编委会

1990年：第一版（第一批）

（以姓氏笔画为序）

王运熙　余冠英　张　克（常务）　罗尔纲

程千帆　缪　钺

1997年：第一版（第二批）

（以姓氏笔画为序）

王元化　王运熙　李万寿（常务）　袁行霈

程千帆　傅璇琮　李立朴（执行）　黄涤明（执行）

中国历代名著全译丛书
再版工作委员会

总 策 划：黄定承　蔡光辉
主　　任：王　旭
执行主任：谢丹华
副 主 任：谢亚鹏　夏　昆　毕昌忠
成　　员：程　立　孔令敏　马文博　尹晓蓓
　　　　　张凤英　唐锡璋　周湖越　苏　轼
　　　　　张　黎　李　方　李　康　何文龙
　　　　　孙家愉　王潇潇

学术顾问

陈祖武　张新民

特约编审（以姓氏笔画为序）

于民雄　汪泰陵　易健贤　赵　泓　袁华忠

再版说明

◎ 在人类文明历史长河中,中华民族创造了源远流长、博大精深的优秀传统文化,它是中华民族的"根"与"魂",为中华民族生生不息、发展壮大提供了强大的精神支撑。中华优秀传统文化内容包蕴万千,而浩如烟海的历代经典名著正是其中最为璀璨的瑰宝。

◎ 为了传承和弘扬中华优秀传统文化,使广大读者了解我国历代经典名著的全豹,上世纪90年代,我们在全国学术界许多著名学者的支持下,出版了这套《中国历代名著全译丛书》。丛书分两批,每批50种,精选我国历代经史子集四部名著以全注全译的形式整理出版。由于丛书开名著全译之先河且兼具权威性、通俗性、学术性和资料性,出版之后得到书界的认可和受到读者的喜爱,并于1993年荣获第三届中宣部精神文明建设"五个一工程"奖。

◎ 随着中国开启建设社会主义现代化国家新征程,文化作为一个国家、一个民族的灵魂,在中国特色社会主义事业全局中的重要地位被进一步凸显,提高文化软实力成为实现中华民族伟大复兴的重要支撑。正是由于这样的背景,让我们开启《中国历代名著全译丛书》的再版工作具有非同寻常的意义。此次再版我们主要做了两项工作:一是对书的内容进行全面细致的校订,改正上一版中存在的舛误,同时,在尊重和保持作者学术成果原貌的基础之上,对个别属于历史局限的地方作了适当处理,使其内容更加精善;二是对书的装帧形式重新进行设计,使其形态更具审美价值并符合新时代读者的阅读习惯。

◎ 我们相信,这套新版的《中国历代名著全译丛书》在让读者领略到中华优秀传统文化独特风采与恒久魅力的同时,对提升中华民族文化自觉自信将起到应有的作用。

贵州人民出版社有限公司

2021年1月

前言

◎ 自东汉末至六朝，是我国文学的觉醒时期，亦为人的觉醒时期。作为审美对象的文学，开始从文化学术中脱胎出来，逐渐争得独立地位；这时期的人也朦胧地意识到自身存在的价值和地位。相传出现于汉末的《古诗十九首》，其中的某些诗句，已隐隐约约地透露出若干信息："生年不满百，常怀千岁忧。昼短苦夜长，何不秉烛游？""昔为娼家女，今为荡子妇。荡子行不归，空床难独守。""人生寄一世，奄忽若飙尘。何不策高足，先据要路津。无为守穷贱，轗轲长苦辛。""人生非金石，岂能长寿考？奄忽随物化，荣名以为宝。"生命的宝贵，爱情的难得，地位的重要，享受的急需等种种人的欲望，已从混沌状态中萌生出来，并大量反映在文学作品之中。面对这样一些诗句，以往的评论总是从消极人生观方面加以谴责，而没有看到积极的人性呼唤，人性受到环境压制下的呼唤。没有人的觉醒并与之相应的文学作品的问世，便不会有自觉的文学批评著作的出现。

◎ 人的觉醒的一个突出标识，是对人的个性、才具、学问、品貌的认识和重视，流行于汉末延续到两晋的品评人物的风气，就是最好的说明。例如："天下和雍郭林宗"，"五经无双许叔重"，"问事不休贾长头"，"居今行古任定祖"。《世说新语·德行》称郭林宗评黄叔度云："叔度汪汪如万顷之波。澄之不清，扰之不浊，其器深广，难测量也。"该书《赏誉》云："世目李元礼谡谡如劲松下风。""公孙度目邴原，所谓云中白鹤，非燕雀之网所能罗也。""王戎目山巨源，如璞玉浑金，人皆钦其宝，莫知名其器。"《容止》云："时人目夏侯泰初，朗朗如日月之入怀，李安国颓唐如玉山之将崩。""嵇康身长七尺八寸，风姿特秀。见者叹曰：'萧萧肃肃，爽朗清举。'或云：'肃肃如松下风，高而徐引。'山公曰：'嵇叔夜之为人也，岩岩若孤松之独立；其醉也，傀俄若玉山之将崩。'""时人目王右军，飘如游云，矫若惊龙。"如此等等，不一而足。这种对人物的品评逐渐演化开去，发展而为对文学作品的议论和评说，曹丕《典论·论文》于建安七子逐一评价，无所遗漏，曰："王粲长于辞赋，徐干时有齐气，然粲之匹也。如粲之《初征》《登楼》《槐赋》《征思》；干之《玄猿》《漏卮》《团扇》《桔赋》，虽张、蔡不过也。然于他文，未能称是。琳、瑀之章表书记，今之隽也。应玚和而不壮，刘桢壮而不密，孔融体气高妙，有过人者，然不能持论，理不胜辞，以至乎杂以嘲戏。及其所善，扬、班俦也。"曹植《与杨德祖书》，专事"诋诃文章，掎摭利病"，可与乃兄比肩。风气之所趋，竟至"文人相轻"的地步。文学批评的风气既开，文学批评的著作亦接踵而至，陆机《文赋》，挚虞《文章流别论》，李充《翰林论》，王微《鸿宝》，沈约《宋书·谢灵运传论》，萧子显《南齐书·文学传论》，裴子野《雕虫论》、萧统《文选序》……虽或存或亡，但在当时确乎彬彬之盛，蔚为大观。其间最著名也是对后世影响最为深远的两部文学批评专著，就是"体大而虑周"的《文心雕龙》和"思深而意远"的《诗品》。

◎《诗品》的作者为梁代钟嵘。钟嵘生于公元468年，卒于公元518年，字仲伟，颖川长社（今河南长葛县）人，晋侍中钟雅七世孙，从祖钟宪，任南齐正员郎，父亲钟蹈为齐中军参军。钟嵘幼而好学，师从齐永明卫将军王俭，因"有思理"，"明《周易》"，举为本州秀才。历任南康王侍郎、抚军行参军、司徒行参军等职。衡阳王萧元简出任会稽太守，引为记室，专掌文书典籍，后又任晋安王、西中郎萧纲记室，故世有钟记室之称。《梁书》《南史》均有传。

◎《诗品》亦名《诗评》，是我国最早的一部关于五言诗的理论批评专著，也是我国诗话的开山祖。全书内容包括两个部分：一部分为诗歌理论，另一部分为诗歌批评。就诗歌理论来说，涉及这样几个方面：第一，诗歌的产生和功用；第二，五言诗发展史；第三，滋味说；第四，用典和声病说。

◎ 第一，诗歌的产生和功用。"气之动物，物之感人，故摇荡性情，形诸舞咏。"钟嵘认为，大自然中的"气"，导致四时节候的更迭，使万物萌动衍生，自然环境的变化，又触发人的思绪感情的激动和摇曳，于是就产生了歌舞。这个观点并非钟嵘首创，而是本于旧说。《尚书·尧典》曰："诗言志，歌永言。"《毛诗序》曰："诗者，志之所之也。在心为志，发言为诗。情动于中而形于言，言之不足，故嗟叹之；嗟叹之不足，故永歌之；永歌之不足，不知手之舞之、足之蹈之也。"《礼记·乐记》云："凡音之起，由人心生也。人心之动，物使之然也。"钟嵘在这方面的贡献，主要集中在两个问题上：一是他指出了"春风春鸟，秋月秋蝉，夏云暑雨，冬月祁寒，斯四候之感诸诗者也"。把"物之感人"加以具体化，把在以往诗歌中仅仅用作比兴手法的四时物候，化为诗歌描写的具体对象和诗歌创作的普遍题材，既可以托物喻志以寄寓诗人的思想感情，也可以直接歌咏山水风月以体现诗人的趣味。这后一点，纵然是由于山水田园诗的出现而进行的理论升华，但毕竟是作为诗歌理论家的钟嵘的贡献。二是指明了不平的生活遭遇和怨愤的思想感情是诗歌创作的重要内容。"嘉会寄诗以亲，离群托诗以怨。至于楚臣去境，汉妾辞宫。或骨横朔野，魂逐飞蓬。或负戈外戍，杀气雄边，塞客衣单，孀闺泪尽。或士有解佩出朝，一去忘返；女有扬蛾入宠，再盼倾国。凡斯种种，感荡心灵，非陈诗何以展其义？非长歌何以骋其情？"这是继承了《诗经》变风、变雅的怨刺和司马迁发愤著书说的优良传统，总结了汉魏以来现实主义诗歌的写实精神而提出的一种进步的诗歌创作理论。

◎ 在对于诗歌功用的认识上，钟嵘一承旧说，没有太多的创见。"动天地，感鬼神"之类的论述，无非重复了《毛诗序》的说教，这是无庸赘言的。至于"穷贱易安幽居靡闷"之说，反而抹去了诗歌揭露黑暗现实的锋利芒刺，使它成为自我安慰的心灵调和剂，这无宁说是钟嵘诗歌理论的一种局限。必须说明的是，这里说的诗歌的功用，是指诗歌的社会功利作用，至于诗歌的审美作用，留待下文详述。

◎ 第二，五言诗发展史。《诗品》评论的对象既然是五言诗及其作者，那么，对我国早期五言诗的发展过程作一个简单的回顾，也是完全必要的。钟嵘从传说中的《南风词》和《卿云歌》说起，把它们列为五言诗的肇端。他确认《古诗》为汉代作品，批评班固《咏史》诗"质木无文"这也是从众之说。对于建安诗歌，他赞美备至，两晋篇什，则誉为"文章中兴"。他认为张、陆、潘、左，风骨犹存；孙、许、桓、庾，"淡乎寡味；刘、郭变体，力挽颓风；二谢才高，凌跨前贤"。这些论断,都是十分公允和中肯的。

◎ 钟嵘认为,四言诗的特点是"文约意广",如能"取效风骚,便可多得";但是"每苦文繁而意少,故世罕习焉"。以四言为主体的《诗经》,历来被推崇为诗歌的典范之作,文字简约而底蕴丰厚,足供读者讽咏玩味,何故而竟至"世罕习焉"?或者说,《诗经》以后的四言诗为什么便沦为"文繁而意少"了呢?钟嵘没有道出个中原委。其实,诗歌内容和形式的形成和发展,都取决于社会生活;社会生活随着时代的发展由简单而日趋繁复;反映社会生活的人的思想感情和思维方式也越来越复杂,人们的语言词汇也越来越丰富多彩,每句四字的四言诗的结构框架,逐渐容纳不下日趋复杂的生活内容,反映社会生活的新的词语要求有新的诗歌形式去适应它,旧有的诗歌形式必然被突破,五言诗就应运而诞生。这便是四言诗从"文约意广"到"文繁意少"的变化原因,也是四言诗必然过渡到五言诗的发展的内在机制。诗歌从四言到五言,虽则只有一字之增,但其容量的扩展却是巨大的,在音节韵律上,跌宕起伏,抑扬回荡,所产生的审美效果也是无可限量的。所以钟嵘说:"五言居文词之要,是众作之有滋味者也。"又说五言诗"指事造形,穷情写物,最为详切"。

◎ 第三,滋味说。在我国传统诗论中,谈到诗歌的作用,往往只强调其政治道德功利作用,而忽视诗歌的审美价值。《论语·子路》:"子曰:诵《诗》三百,授之以政,不达;使于四方,不能专对,虽多,亦奚以为?"《论语·阳货》:"子曰:小子何莫学夫诗?诗可以兴,可以观,可以群,可以怨。迩之事父,远之事君,多识于鸟兽草木之名。"除了"兴"包含诗歌对人的感染作用,与审美尚有一定联系之外,很少涉及审美作用。我国秦汉时期对诗歌审美作用的普遍忽视,除了前面提到的当时文学处于无地位状况的原因之外,还由于从孔子开始的文论家,其实都是政治家这一原因直接有关。在我国文学批评史上,政治家论文和文学家论文,立场、眼光、方法、评价很不一样,关于这个问题当有专文论述,不在这里多言。既然文学已经到了自觉的时期,从审美的角度来观照文学作品的时机业已成熟,所以钟嵘以"滋味"说来评论诗歌,就有了鲜明的时代色彩和体现了全新的文学主张。

◎《诗品序》云:"五言居文词之要,是众作之有滋味者也。"又云:"干之以风力,润之以丹彩,使味之者无极,闻之者动心,是诗之至也。"又云:"永嘉时,贵黄老,稍尚虚谈,于时篇什,理过其辞,淡乎寡味。"评张协曰:"词彩葱蒨,音韵铿锵,使人味之,亹亹不倦。"评应璩曰:"至于'济济今日所',华靡可讽味焉。"评曹丕曰:"唯'西北有浮云'十余首,殊美赡可玩,始见其工矣。"评郭璞则曰:"宪章潘岳,文体相辉,彪炳可玩。"从以上几段引文来看,所谓"滋

"味""味""玩",都是一个意思,即指诗歌的非功利的审美评价,无关国事成败,不涉风俗盛衰,仅仅把诗歌看作一种娱悦身心的审美对象。那么,在钟嵘看来,什么样的诗才是有"滋味"的呢?第一,要有感情。"指事造形,穷情写物","非陈诗何以展其义,非长歌何以骋其情",都离不开一个"情"字。诗歌既然是"吟咏情性"之作,有"滋味"的作品当然必须充满感情和激情。玄言诗之所以"淡乎寡味",就在于"理过其词",缺乏感情。第二,"词彩葱蒨,音韵铿锵"。魏文帝曹丕的百余篇诗,"皆鄙质如偶语",而"西北有浮云"十余首,"殊美赡可玩,始见其工"。可见单单有感情而词语简朴,仍不得为"工"。评何晏等五人诗曰:"虽不具美,而文采高丽,并得虬龙片甲,凤凰一毛。"否则,连中品也不可得。评张协,通篇不强调感情,唯着眼于文采。可见钟嵘评诗是十分重视诗歌的形式美的。明白了这一点,就不难理解何以陶潜不入上品,魏武屈居下品的原因了。内蕴感情,外修文采,是诗歌的理想之作,"干之以风力,润之以丹彩",才是"诗之至",把诗歌的感情因素和诗歌的形式美完美地结合起来,这是"滋味"说的核心内容。那么达到"风力""丹彩"完美统一的具体途径是什么呢?是赋、比、兴的参酌而用。赋、比、兴原是我国诗歌创作的传统表现手法,据汉人郑玄注《周礼·大师》说:"赋之言铺,直铺陈今之政教善作。""比者，比方于物也。""兴，见今之美，嫌于媚谀，取善事以喻劝之。"钟嵘解释赋、比、兴，有异于前人，曰："文已尽而意有余，兴也；因物喻志，比也；直书其事，寓言写物，赋也。"赋虽意在铺陈，而非直言"政教善恶"；比，已由比喻之谓而转化为因物喻志，突出了诗歌的内在意蕴；兴，从以善事喻劝之说一变而为言短意长，回味无穷，着重在诗歌的艺术魅力。而且，钟嵘认为，赋、比、兴三种手法应该依据艺术表现的需要灵活机动地交替使用，或同时兼用，这样既可避免诗歌的艰深晦涩，也不致浮泛直露，达到有"滋味"的艺术境界。

◎ 第四，反对用典和声病说。萧子显《南齐书·文学传论》，将两晋以来之诗歌创作概而为三体，其二曰："缉事比类，非对不发，博物可嘉，职成拘制。或全借古语，用申今情，崎岖牵引，直为偶说。唯睹事例，顿失清采。"宋朝张戒《岁寒堂诗话》卷一曰："诗以用事为博，始于颜光禄。"唐元稹《见人咏韩舍人新律诗因有戏赠》也说："延之苦拘忌。"《诗品》评颜延之则曰："喜用古事，弥见拘束。"可见刘宋颜延之开创了用典繁密一派诗风。钟嵘论诗竭力反对颜延之、谢庄、任昉、王融等人"拘挛补衲，蠹文已甚"，"文章殆同书抄"的用典派；他认为"经国文符""撰德驳奏"一类官场文体，不妨引经据典，援古证今，以有力的论证增强文章的说服力，至于"吟咏情性"的诗歌，注重的应是"自然英旨"，"亦何贵于用事"，诗中名篇、名句何尝以用事见长？如"思君如流水""高台多悲风""清晨登陇首""明月照积雪"等句，清新即目，妙语天成，所以"古今胜语，多非补假，皆由直寻"。诗歌用典，固然可以增大容量，触发联想；但一味追求用典，造成床上叠床，屋内架屋之势，沉重板滞，卖弄学问，毕竟非诗歌本色。钟嵘处在齐梁以用典为博的诗风笼罩之下，大声疾呼"自然英旨"，是有进步意义的。

◎ 与用典诗风同时盛行的是声病之说，钟嵘亦持反对立场。声病说的创始人是钟嵘同时代的沈约，他在《宋书·谢灵运传论》中声称："夫五色相宣，八音协律，由乎玄黄律吕，各适物宜，欲使宫羽相变，低昂互节，若前有浮声，则后须切响。一简之内，音韵尽殊，两句之中，轻重悉异。妙达此旨，始可言文。"而且自豪地说："自骚人以来，此秘未睹。"沈约以平上去入四声制韵，以平头、上尾、蜂腰、鹤膝、大韵、小韵、旁纽、正纽为诗歌八病，是为四声八病之说。沈约的四声八病之说，在语言史上是有贡献的，在文学史上创制了近体诗、格律诗，其功绩也是不可磨灭的。但是刻意追求声律的结果，会因字害义，本末倒置，甚至使诗歌创作走火入魔，误入歧途，弄巧成拙，反为桎梏。事实上当时的诗风已经令人担忧，钟嵘指出："襞积细微，专相凌架，故使文多拘忌，伤其真美。"钟嵘说，前贤作诗，从不拘泥于宫商之辨，四声之论，诗歌照样韵律天成，自然谐会，我们又何必要矫揉造作，故弄玄虚呢？"余谓文制本须讽读，不可蹇碍，但令清浊通流，口吻调利，斯为足矣！"试看"置酒高堂上""明月照高楼"这类优美的诗句，出自阮瑀、曹植的笔下，远在声病说产生以前，不是声律谐和，铿锵悦耳吗？钟嵘反对声病说，提倡"真美"的诗歌理论在当时也是具有进步意义的。

◎ 以上是钟嵘的诗歌理论。

◎ 就诗歌批评而言，涉及这样几个问题：第一，《诗品》的评诗标准；第二，《诗品》论诗体源流；第三，《诗品》的列品分等。

◎ 第一，《诗品》的评诗标准。魏晋以还，五言诗的创作极为繁荣，作者蜂起，篇什腾踊，风格各异，流派纷呈。《文心雕龙·明诗》曾有详尽描绘，如"慷慨以任气，磊落以使才"的建安诗歌，"诗杂仙心""率多浮浅"的正始诗风，"采缛于正始，力柔于建安"的西晋篇什，"嗤笑徇务之志，崇盛亡机之谈"的江左玄风，"俪采百字之偶，争价一句之奇"的宋初文咏。数十年一种气象，因时而变，各具特色。创作上的繁荣，必然带来文学批评的发展，但当时的文学批评又是一种什么样的局面呢？"观王公搢绅之士，每博论之余，何尝不以诗为口实？随其嗜欲，商榷不同，淄渑并泛，朱紫相夺，喧议竞起，准的无依。"诗歌有真有伪，流派有好有坏，诗之为诗，总应该有其客观的标准；如果好坏不分，真伪莫辨，是诗歌发展的危机。当时彭城刘绘是个有识之士，"疾其淆乱，欲为当世诗品"，可惜有志莫酬，"其文未遂"。虽然也曾有过几部文学批评的著作，但又"皆就谈文体，而不显优劣"。有鉴于此，钟嵘才下定决心，撰写《诗品》，以廓清天下为己任，可见陈述批评标准，是钟嵘《诗品》的写作重旨。

◎ 前面在讲到钟嵘的诗歌理论时，提到过"滋味"说，这是从读者角度着眼的一种鉴赏理论。现在从批评的角度来看，钟嵘所标举的"干之以风力，润之以丹彩"，是他"显优劣"的批评标准。鉴赏和批评本来是一个问题的两个不同层次，鉴赏具有强烈的主观色彩，批评应有严格的客观尺度；鉴赏可以有偏爱，批评不能有偏爱；鉴赏往往因人而异，批评绝不能随心所欲，这是两者的区别。但鉴赏又是批评的基础和前提，批评是鉴赏的提高和发展，批评是阅读文学作品过程中由感性认识到理性认识的一种升华，它带有鲜明的理论色彩。对文学作品的鉴赏和批评，即使同一个人，有时也未必一致，被鉴赏者赏识的作品不一定就是上乘之作，被批评者认为第一流的佳作，鉴赏者亦未必喜欢，这在文学鉴赏和批评中是常见的现象。但在钟嵘那里，鉴赏和批评恰恰是一致的，他强调的"滋味"和主张的真美，正好符合"干之以风力，润之以丹彩"的批评标准。

◎ 钟嵘论诗,首推曹植,评语曰:"其源出于《国风》,骨气奇高,词彩华茂,情兼雅怨,体被文质,粲溢今古,卓尔不群。嗟乎!陈思之于文章也,譬人伦之有周、孔,鳞羽之有龙凤,音乐之有琴笙,女工之有黼黻。俾尔怀铅吮墨者,抱篇章而景慕,映余晖以自烛。故孔氏之门如用诗,则公干升堂,思王入室,景阳、潘、陆,自可坐于廊庑之间矣!"真可谓推崇备至,无以复加,气、骨、情、体,无与伦比,文采风流,莫可追攀,人工造化,尽善尽美,是诗中之圣人。在示范立则之后,再从这个批评的最高标准出发,裁衡其余诗人,或褒或贬,或抑或扬,以显其优劣品第。比如"陈思已下,桢称独步"的刘桢,《诗品》谓其"仗气爱奇,动多振绝。真骨凌霜,高风跨俗。但气过其文,雕润恨少"。气骨有余而情采不足,是得曹植之一隅。评王粲则曰:"发愀怆之词,文秀而质羸。在曹、刘间别构一体。"谓其虽情文并茂而风力未遒,是得曹植之另一隅。陈思集美,刘、王分流,均得曹植之一体。评陆机云:"其源出于陈思。才高辞赡,举体华美。气少于公干,文劣于仲宣。"评谢灵运曰:"兴多才高博,寓目辄书,内无乏思,外无遗物,其繁富,宜哉!然名章迥句,处处间起,丽典新声,络绎奔会。"陆、谢虽诗承曹植,然诚如《孟子》所谓"具体而微",毕竟远逊陈思,所以《诗品》云:"昔曹、刘殆文章之圣,陆、谢为体贰之才。"曹、刘与陆、谢之间的差别，也体现了汉魏诗与晋宋诗的轩轾，晋宋与汉魏相较，诗歌的气象格局已不可同日而语，但在钟嵘看来，陆、谢实为晋宋之陈思，这是很明显的。以曹、刘、陆、谢为其时代的诗歌之首，以此类推，等而下之，其评诗标准是明确的，仍是"干之以风力，润之以丹彩"。

◎ 第二，《诗品》论诗体源流。清章学诚《文史通义·诗话篇》云："《诗品》能从六艺溯流别也。"论派别，溯源流，是《诗品》评诗的又一重要内容，但这也有历史渊源可寻。晋挚虞《文章流别论》已肇其端，梁沈约《宋书·谢灵运传论》继轨前贤，萧子显《南齐书·文学传论》体式风范，此三家实为《诗品》"致流别"之所本。钟嵘论五言诗之源流有三：一《国风》，二《小雅》，三《楚辞》。解放前，陈延杰曾有《读〈诗品〉》一文，发表于《东方杂志》第23卷第23号，将《诗品》所论之诗人源流列表说明，现转引如下，以便检索。

◎ 下表所列共37人（《古诗》亦以1人计算），陈文寻根溯源又列出数十人，或不著源流，或隐约其词，似有待商榷，故存而不录。《诗品》在追述诗人源流时，往往只说某某源出于某某，或祖袭某人，语焉不详，未加细论，故颇遭后世非议。宋叶少蕴《石林诗话》卷下曰："论陶渊明乃以为出于应璩，此语不知其所据。应璩诗不多见，惟《文选》载其《百一诗》一篇，所谓'下流不可处，君子慎厥初'者，与陶诗了

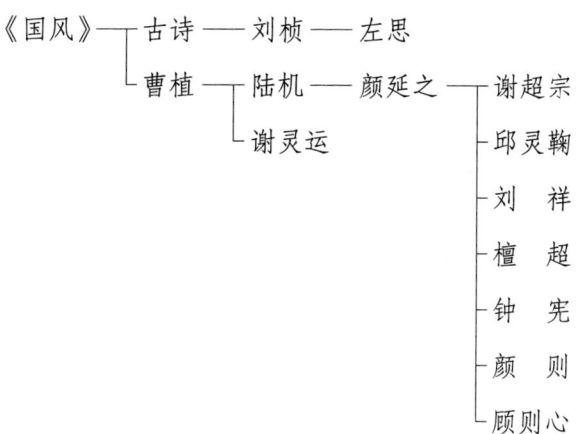

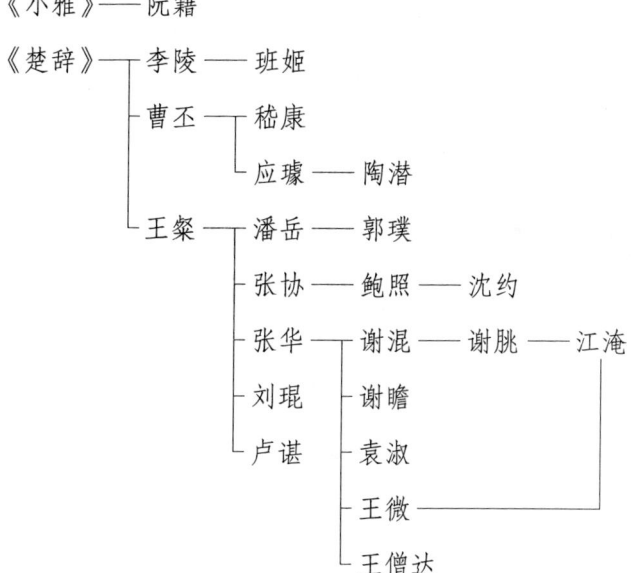

不相类。"清王士禛《渔洋诗话》曰："至以陶潜出于应璩，郭璞出于潘岳，鲍照出于二张，尤陋矣，又不足深辩也。"然《四库提要》云："近时王士祯（禛）极论其品第之间多所违失，然梁代迄今，邈逾千祀，遗篇旧制，什九不存，未可以掇拾残文，定当日全集之优劣。"见仁见智，各是其是，孰是孰非，诚难为断。

◎ 但《国风》的气骨情文，《小雅》的正变雅怨，《楚辞》的怨悱凄怆，加之藻饰艳丽，三者的组合，正好与钟嵘论诗主张相同。如果就诗人的主要倾向而言，谓某人出于某某，也应当说是有一定根据的。讨论诗歌的风格流派，本非易事，很容易凌虚蹈空，不着边际；既不能妄加臆测，也不能粘皮带骨说得太实太死。只有对诗人的全部篇什心领神会，深谙熟识，才能真正得其神髓，道其面貌。

◎ 第三，《诗品》的列品分等。《诗品》将汉魏至齐梁122位诗人分等列品，以诗人成就的高低，分为上中下三品，上品11人，中品39人，下品72人。"预此宗流者，便称才子"，不入品者，大有人在，因为诗歌成就不大，只得作罢。《诗品》之所以采用这种品评方式，据钟嵘自己说有三个原因：一是仿照历史上"九品论人，七略裁士"的传统做法；二是尽管在他之前有过谢灵运《诗集》五十卷，张骘《文士传》五十卷，但其宗旨只在收录诗文，不在品评等级，仍然难见诗人高下；

三是当时诗风太滥,"庸音杂体,人各为容",好坏不分,优劣难辨,甚至以为曹刘不如鲍谢,所以要撰写《诗品》以正视听。用今天的眼光来检验,他的分等基本上是正确的,但也不是说没有差错。前引《渔洋诗话》曾批评说:"钟嵘《诗品》,余少时深喜之,今始知其踳谬不少。嵘以三品铨叙作者,自譬诸九品论人,七略裁士。乃以刘桢与陈思并称,以为文章之圣。夫桢之视植,岂但斥鹦之与鲲鹏耶?又置曹孟德下品,而桢与王粲反居上品。他如上品之陆机、潘岳,宜在中品。中品之刘琨、郭璞、陶潜、鲍照、谢朓、江淹,下品之魏武,宜在上品。下品之徐干、谢庄、王融、帛道猷、汤惠休,宜在中品。而位置颠错,黑白淆讹,千秋定论,谓之何哉?"今天,我们在对钟嵘进行批评的时候,首先要明白钟嵘的诗歌批评标准是什么?他是否运用自己的标准来评论、列品并坚持到底?有没有忽高忽低、或轻或重?其次,批评钟嵘者是否有以自己的评诗标准来取代钟嵘的标准,然后再指责其不公或不当?就钟嵘的批评标准来看,从理论到实践是清晰而明确的,首尾呼应前后一致,并无转移或相悖之处。人们可以指责他批评标准的不当,而不应该责备他在同一标准下褒贬抑扬,但王士禛以至当代某些评论者,往往对其批评标准并无异议,而对具体作家的列品说长道短,这就不免"随其嗜欲,商榷不同",重蹈"王公搢绅之士"的覆辙了。钟嵘处于齐梁之际,当时的华靡诗风笼罩诗坛,是很难不为所囿的。所谓批评标准,从文化的角度来考察,也无非是特定时代的文化观念的折射;纵然以某个人的形式表现出来,或多或少带有个性特点,但在传统文化之下形成的共同的心理积淀,这种心理积淀又经过时代因素的过滤,其中保留下来的个人色彩已相当淡泊了。论者为陶渊明列为中品而愤愤不平,然在钟嵘已为陶渊明作了辩护,"世叹其质直。至如'欢言酌春酒''日暮天无云',风华清靡,岂直为田家语耶"?可见当时认为陶诗"质直""田家语"者,大有人在。君不见,一部《文心雕龙》五十篇,于陶渊明竟不著一字,论者又有何说?既为历史人物,自有历史局限,白璧微瑕,在所难免,求全责备,反倒有苛求古人之嫌。

◎《诗品》一书,晦于宋以前而显于明以后,见诸丛书者凡二十三种:《稗史集传》本、《说郛》本、《夷门广牍》本、《格致丛书》本、《天都阁藏书》本、《顾氏文房小说》本、《四十家小说》本、《续百川学海》本、《汉魏丛书》本、《谈艺珠丛》本、《玉鸡苗馆丛书》本、《历代诗话》本、《学津讨源》本、《诗法萃编》本、《择是居丛书》本、《诗触丛书》本、《津逮秘书》本、《龙威秘书》本、《对雨楼丛书》本、《诸子百家精华》本、《萤雪轩丛书》本、《一砚笔存》本、严可均《全梁文》本等。注本最早的有明冯唯讷《诗纪别集》,后有黄侃《诗品讲疏》、张陈卿《诗品疏释》、陈延杰《诗品注》、许文玉（又作许文雨）《诗品讲疏》、古直《诗品笺》等。这些注本，除黄侃《诗品讲疏》散见于范注本《文心雕龙》、陈延杰《诗品注》解放后有重印本外，余者目前已很难见到。近年新出《诗品》注本有四：一为萧华荣《诗品注译》，二为吕德申《钟嵘诗品校释》，三为向长清《诗品注释》，四为赵仲邑《钟嵘诗品译注》。近有评论文章评说优劣，读者当有明断。

◎ 本书的成败得失，不便自言，读者自会有公论。管窥蠡测，所见甚少，疏漏之处，亦在不免，敬请读者诸君批评指正。

译注者

1989.4.于贵阳花溪

目录

诗品序 1

诗品卷上

古诗 51
汉都尉李陵 56
汉婕妤班姬 59
魏陈思王植 61
魏文学刘桢 68
魏侍中王粲 71
晋步兵阮籍 74
晋平原相陆机 79
晋黄门郎潘岳 84
晋黄门郎张协 88
晋记室左思 91
宋临川太守谢灵运 94

诗品卷中

汉上计秦嘉　嘉妻徐淑 101
魏文帝 105

晋中散嵇康	109
晋司空张华	112
魏尚书何晏　晋冯翊守孙楚　晋著作王赞	
晋司徒掾张翰　晋中书令潘尼	115
魏侍中应璩	121
晋清河守陆云　晋侍中石崇　晋襄城太守曹摅	
晋朗陵公何劭	124
晋太尉刘琨　晋中郎卢谌	129
晋宏农太守郭璞	134
晋吏部郎袁宏	138
晋处士郭泰机　晋常侍顾恺之　宋谢世基	
宋参军顾迈　宋参军戴凯	140
宋征士陶潜	143
宋光禄大夫颜延之	148
宋豫章太守谢瞻　宋仆射谢混　宋太尉袁淑	
宋征君王微　宋征房将军王僧达	153
宋法曹参军谢惠连	159
宋参军鲍照	163
齐吏部谢朓	168
齐光禄江淹	173
梁卫将军范云　梁中书郎丘迟	177

梁太常任昉　　　　　　　　　　　180

梁左光禄沈约　　　　　　　　　　183

诗品卷下

汉令史班固　汉孝廉郦炎　汉上计赵壹　　191

魏武帝　魏明帝　　　　　　　　　195

魏白马王彪　魏文学徐干　　　　　199

魏仓曹属阮瑀　晋顿丘太守欧阳建

晋文学应璩　晋中书令嵇含　晋河

南太守阮侃　晋侍中嵇绍　晋黄门枣据　　201

晋中书张载　晋司隶傅玄　晋太仆傅咸

晋侍中缪袭　晋散骑常侍夏侯湛　　　208

晋骠骑王济　晋征南将军杜预

晋廷尉孙绰　晋征士许询　　　　　214

晋征士戴逵　晋东阳太守殷仲文　　217

宋尚书令傅亮　　　　　　　　　　220

宋记室何长瑜　羊曜璠　宋詹事范晔　　222

宋孝武帝　宋南平王铄　宋建平王宏　　226

宋光禄谢庄　　　　　　　　　　　228

宋御史苏宝生　宋中书令史陵修之

宋典祠令任昙绪　宋越骑戴法兴	230
宋监典事区惠恭	231
齐惠休上人　齐道猷上人　齐释宝月	233
齐高帝　齐征北将军张永　齐太尉王文宪	237
齐黄门谢超宗　齐浔阳太守丘灵鞠	
齐给事中郎刘祥　齐司徒长史檀超	
齐正员郎钟宪　齐诸暨令颜则	
齐秀才顾则心	240
齐参军毛伯成　齐朝请吴迈远	
齐朝请许瑶之	244
齐鲍令晖　齐韩兰英	246
齐司徒长史张融　齐詹事孔稚珪	249
齐宁朔将军王融　齐中庶子刘绘	252
齐仆射江祐	255
齐记室王巾　齐绥建太守卞彬	
齐端溪令卞录	256
齐诸暨令袁嘏	258
齐雍州刺史张欣泰　梁中书郎范缜	259
梁秀才陆厥	260
梁常侍虞羲　梁建阳令江洪	262
梁步兵鲍行卿　梁晋陵令孙察	265

诗品序

梁·钟嵘

一 题解

钟嵘《诗品》分上、中、下三卷。上卷品评上品诗人11人，中卷品评中品诗人39人，下卷品评下品诗人72人，共计122人。原来三卷前各自有《序》，自开篇始至"均之于谈笑耳"，为上品《序》；自"一品之中"至"请寄知者尔"，为中品《序》；自"昔曹、刘殆文章之圣"至篇末，为下品《序》。三卷序文与各卷内容并无相应的联系，故历来将三篇序文贯而为一，置之上品卷首，如《历代诗话》本就是这样。现一仍旧制，无所改易。

《诗品序》论述了诗歌的产生、性质和功能；叙述了五言诗的发展简史，四言、五言的比较，五言诗的优点，理想的诗歌标准；讨论了诗歌的内容和形式，诗歌的欣赏和批评；批评了玄言诗、拘泥声律、追求用典等不良诗风；说明了《诗品》的写作动机和写作凡例。

《诗品序》是钟嵘诗歌理论和批评主张的集中表现，对后代诗论产生了巨大而深远的影响。

原文

气之动物,物之感人①。故摇荡性情,形诸舞咏②。照烛三才③,晖丽万有④,灵祇待之以致飨⑤,幽微藉之以昭告⑥。动天地,感鬼神,莫近于诗⑦。

注释

①气:气候、节气。节候更替,萌动万物。物之兴衰,人亦感焉。刘勰《文心雕龙·物色》云:"春秋代序,阴阳惨舒,物色之动,心亦摇焉。"其义略同。

②摇荡性情两句:摇荡,振动、感动。形,表现。诸,之乎、之于。《礼记·乐记》:"人心之动,物使之然也。感于物而动,故形于声;声相应,故生变;变成方,谓之音;比音而乐之,及干戚羽旄,谓之乐。"又《毛诗序》:"诗者,志之所之也,在心为志,发言为诗。情动于中而形于言,言之不足故嗟叹之;嗟叹之不足,故永歌之;永歌之不足,不知手之舞之、足之蹈之也。"此亦本前人之说。

③烛:照耀。作动词用。三才:指天、地、人。《周易·说卦》:"是以立天之道,曰阴与阳;立地之道,曰柔与刚;立人之道,曰仁与义。兼三才而两之,故《易》六画而成卦。"

④晖丽:辉照、辉映。晖,同"辉"。丽,附丽。万有:万物。

⑤灵祇(qí):神灵。灵,泛指神灵。祇,地神。飨(xiǎng):祭献。致飨,享用祭献之物。待:等待。

⑥幽微:幽奥深隐之物,亦指鬼神而言。藉:凭、借。昭告:

明白地揭示出来。

⑦动天地三句：语出《毛诗序》："故正得失，动天地，感鬼神，莫近于诗。"莫近，莫过。此系古人对诗歌作用夸大之说法。

译文 气节的变化萌动着万物，万物的盛衰，又触发人的情感；情感的激荡表现为歌舞。照亮天地人三才，辉映宇宙间万物；神灵因它而享用祭品，鬼神借它明白所告：这一切没有比诗歌更有效的了。

原文 昔《南风》之词①、《卿云》之颂②，厥义夐矣③。夏歌曰："郁陶乎予心。"④楚谣曰："名余曰正则。"⑤虽诗体未全⑥，然是五言之滥觞也⑦。

注释 ①《南风》之词：根据《礼记·乐记》的记载，《南风》为虞舜所作，其词云："南风之薰兮，可以解吾民之愠兮。南风之时兮，可以阜吾民之财兮。"后人疑其伪。

②《卿云》之颂：据《尚书·大传》记载，舜将禅让于禹，俊杰百工相和而歌曰："卿云烂兮，纠缦缦兮。日月光华，旦复旦兮。"

③厥：其。夐（xiòng）：远。

④夏歌句：夏歌指《五子之歌》，原文久已失传。现存伪古文《尚书·五子之歌》为后人伪作。"郁陶乎予心，颜厚有忸怩"，为其中之歌词。郁陶（yáo），忧思积聚的样子。

⑤楚谣句：屈原《离骚》有句曰："名余曰正则兮，字余曰灵均。"

⑥诗体未全：达按，《诗品》论诗，只限五言，寻根溯源至于《南风》《夏歌》。然《南风》未必五言，《卿云》只有四字，《夏歌》其为伪作，《楚谣》原是杂言。其中偶有五言之句，故曰"诗体未全"耳。

⑦五言之滥觞：滥觞（lànshāng），《孔子家语·三恕》云："江始出于岷山，其源可以滥觞。"王肃注："觞可以盛酒，言其微也。"指江河发源处水极浅，仅能浮起酒杯。后以滥觞喻事物之开端。

译文

从前的《南风》词、《卿云》歌，时间太久远了。夏歌说："郁陶乎予心。"楚谣说："名余曰正则。"虽然作为五言诗诗体还不完整，但总算是五言诗的开端吧。

原文

逮汉李陵，始著五言之目矣①。古诗眇邈，人世难详。推其文体，固是炎汉之制，非衰周之倡也②。

注释

① 逮汉李陵两句：逮，及、到。李陵有《与苏武诗三首》，皆五言。苏东坡疑其伪作。达按，萧统《昭明文选》载李陵诗三首。刘勰《文心雕龙·明诗》云："至成帝品录，三百余篇，朝章国采，亦云周备，而辞人遗翰，莫见五言，所以李陵、班婕妤，见疑于后代。"可见刘勰当时已疑其伪。钟嵘《诗品》成书在刘勰《文心雕龙》之后，而谓李陵"始著五言之目"，亦当时未定之说。目，篇目。

② 古诗眇邈五句：东汉末年，出现一批不著作者姓名的五言诗，流传甚广，刘勰、钟嵘、萧统等均名之曰古诗。其中最有名者为《文选》所选《古诗十九首》。眇邈（miǎomiǎo），久远。人世，指古诗的作者及其年代。难详，难知。推，推论、推断、推测。文体，指文章风格。固，肯定之词。炎汉，古人以金、木、水、火、土五行表示朝代的变衍更替，汉为火德，故称炎汉。制，本指写作，这里指作品。衰周，周将衰亡之时，即周朝末年。倡，通"唱"，指诗作。

译文

到了西汉的李陵，开始有了完整的五言诗体。古诗距今遥远，它的作者和写作年代，难以详知；推敲它的文体风格，应当是汉代的作品，不是东周末年的诗歌。

原文

自王、扬、枚、马之徒,词赋竞爽,而吟咏靡闻①。从李都尉迄班婕妤,将百年间,有妇人焉,一人而已②。诗人之风,顿已缺丧③。东京二百载中,唯有班固《咏史》,质木无文④。

注释

①自王、扬、枚、马之徒三句:王,王褒;扬,扬雄;枚,枚乘;马,司马相如。四人均为汉代著名辞赋家。据《汉书·艺文志·诗赋略》,王褒有赋十六篇,扬雄有赋十二篇,枚乘有赋九篇,司马相如有赋二十九篇。竞爽,争胜。吟咏,指诗歌。古时诗歌皆入乐,故曰吟咏。靡闻,未之闻也。

②从李都尉四句:李都尉,李陵,汉武帝时拜骑都尉。班婕妤(jiéyú),班姬,汉成帝时为婕妤。婕妤,女官名。婕妤亦作倢伃。班婕妤有《怨诗》一首。此四句谓从李陵到班姬,将近百年,除了一位女诗人,诗人只有李陵一人。达按,《论语·泰伯》:"有妇人焉,九人而已。"语本此。

③诗人之风,顿已缺丧:风,风气,亦可解为讽咏,则指诗作。顿,骤然。缺丧,断缺、丧失。

④东京三句:东京,指东汉。东汉都洛阳,西汉都长安。史称长安为西京,洛阳为东京。东汉自汉光武帝建武元年(公元25年),至汉献帝延康元年(公元220年),共195年,故曰东京二百载,取其约数。班固《咏史》:班固有《咏史》一

首,见《文选》卷三十六《策秀才文》注。质木无文,质朴、木讷而无文采。

译文 自从王褒、扬雄、枚乘和司马相如等人以来,在辞赋创作上争强斗胜,而诗歌写作却从未听说。从李陵到班姬,将近一百年中间,除了女诗人班姬外,只有李陵一个五言诗人。作诗的风气骤然中断了。东汉二百年中,只有班固一首《咏史》诗,质朴木讷,毫无文采。

原文 降及建安①,曹公父子,笃好斯文②;平原兄弟,郁为文栋③;刘桢、王粲,为其羽翼④。次有攀龙托凤,自致于属车者,盖将百计⑤。彬彬之盛,大备于时矣⑥。

注释 ①建安:汉献帝年号,公元196~219年。
②曹公父子,笃好斯文:曹公父子,有二说,一谓指曹操、曹丕、曹植;一谓指曹操、曹丕。当以后说为妥。操、丕即魏武、魏文,以至尊之位而笃好斯文,宜其相提并论也。曹植自在下文"平原兄弟"中矣。刘勰《文心雕龙·时序》论及三曹,层次极为分明,曰:"魏武以相王之尊,雅爱诗章;

文帝以副君之重，妙善辞赋；陈思以公子之豪，下笔琳琅。"笃，甚。斯文，《论语·子罕》："天之将丧斯文也，后死者不得与于斯文也！"文，本指礼乐制度。后世以"斯文"泛指文学或文人儒者。此处指文学。

③平原兄弟，郁为文栋：《三国志·魏志·陈思王植传》载，建安十六年，曹植封为平原侯。兄弟，指曹植及其弟白马王曹彪。按，曹彪诗入下品，自不能与曹植并提为"文栋"，但钟嵘以骈体行文，父子对兄弟，故及之也。郁，茂盛。文栋，文章之栋梁也。

④刘桢、王粲，为其羽翼：刘、王，建安著名诗人，均为"建安七子"中人物。其，代词，指曹公父子、平原兄弟。羽翼，辅佐人物，为曹公父子、平原兄弟之辅佐者。

⑤次有攀龙托凤三句：次，其次。龙、凤，古代帝王之象征。攀、托，有依附、跟随之意。属车，副车，侍从之车。盖，大概。百计，数以百计。

⑥彬彬：《论语·雍也》："文质彬彬，然后君子。"指文质相宜，恰到好处。大备于时：大备于当时。

译文

到了建安时期，曹操父子，特爱文学；曹植兄弟，郁郁然成了文章魁首；刘桢、王粲，成为他们的左右。还有攀龙附凤自愿追随他们的诗人，大约将近百人。

人才济济，充盈着整个时代！

原文

尔后，陵迟衰微，迄于有晋①。太康中②，三张、二陆、两潘、一左③，勃尔复兴④，踵武前王⑤，风流未沫，亦文章之中兴也⑥。

注释

①尔后：以后。陵迟：渐渐。迄（qì）：到。

②太康：晋武帝年号，公元280～289年。

③三张：张载、张协、张亢。一说张载、张协、张华。二陆：陆机、陆云。两潘：潘岳、潘尼。一左：左思。

④勃尔：犹言勃然、突然之意。复兴：再次兴起。

⑤踵武前王：自建安末至太康初，凡六十年，其间五言诗"陵迟衰微"，待三张、二陆、两潘、一左出，才"踵武前王"，继轨建安。踵武，继迹，踏着前人足迹。前王，指建安时代曹公父子诸人，均为帝王。

⑥风流未沫：风流，文章之美妙超群者。未沫（mò），屈原《离骚》"芬至今犹未沫"。王逸注："沫，已也。"未沫，未已。文章，指诗歌。

译文

此后，逐渐衰落，一直到西晋。太康时期，有张载、张协、张亢，陆机、陆云，潘岳、潘尼和左思，猝然兴起,追踪建安,使建安时期的流风余韵延绵不息,也是五言诗的中兴时期。

原文

永嘉时①,贵黄老②,稍尚虚谈③,于时篇什,理过其辞,淡乎寡味④。爰及江表,微波尚传⑤。孙绰、许询、桓、庾诸公诗,皆平典似《道德论》⑥,建安风力尽矣⑦。

注释

①永嘉:晋怀帝年号,公元307~312年。

②贵黄老:贵,推重、重视。黄老,指黄帝和老子。相传黄老为道家之祖,后亦以黄老称道家。

③稍尚虚谈:稍,渐渐、渐入。尚,崇尚。虚谈,清谈、谈理说玄。

④于时篇什三句:于时,当时也。篇什,诗篇。理过其辞,清潘德舆《养一斋诗话》云:"理语不必入诗中,诗境不可出理外。"以诗说理,最为诗家大忌,而永嘉后之玄言诗,专以诗说理,所谓"理过其辞"是也。淡乎寡味:平淡而毫无诗味。

⑤爰及江表二句:爰(yuán),于是。江表,长江之外,即江南。东晋建都建康(今南京),故史家以江表指代东晋。微波,余波。指虚谈余波及理过其辞之诗风。

⑥孙绰、许询二句:孙绰、许询,东晋玄言诗人。桓、庾,

一说指桓温、庾亮；一说指桓伟、庾友和庾蕴。平典，板滞无华。《道德论》，三国时何晏作，阐发道家哲理的论著，今已亡佚。

⑦建安风力：亦称建安风骨。指建安文学慷慨悲凉的情调和与现实内容相统一的时代风格。

译文 永嘉时期，以黄老道家之说为贵，崇尚谈玄，这一时期的诗篇，谈玄说理多而文采风流少，诗歌平淡得毫无滋味。再往后，便到了东晋，前朝的余波尚存，孙绰、许询、桓伟、庾友、庾蕴等人的诗，都平庸板滞像《道德论》一般，建安风骨已经荡然无存了。

原文 先是郭景纯用隽上之才，变创其体①；刘越石仗清刚之气，赞成厥美②。然彼众我寡，未能动俗③。逮义熙中④，谢益寿斐然继作⑤。元嘉中⑥，有谢灵运⑦，才高词盛，富艳难踪，固已含跨刘、郭，陵轹潘、左⑧。故知陈思为建安之杰⑨，公干、仲宣为辅⑩；陆机为太康之英⑪，安仁、景阳为辅⑫；谢客为元嘉之雄⑬，颜延年为辅⑭。斯皆五言之冠冕⑮，文词之命世也⑯。

注释

①先是两句：郭景纯，郭璞字景纯，晋代诗人。郭璞有《游仙诗》，抒忧生避祸、轻视富贵之情。隽上，卓特出众之才能。变创，变革创新。其体，指玄言诗。

②刘越石两句：刘越石，刘琨字越石，晋代诗人。仗，依仗。清刚之气，清新刚劲的精神气质。赞成厥美，辅助、支持他的美好行为。厥，其，指郭璞。达按，明许学夷《诗源辩体》卷五对钟说持异议，其二十九条云："刘越石前与潘、陆同时，今谓永嘉而后景纯变创，越石赞成，则失考矣。"

③彼众我寡两句：彼，指永嘉以来的玄言诗。我，郭璞、刘琨的清刚隽上之诗风。动，振动。俗，与雅相对，有贬意。动俗，改变当时"平典似《道德论》"的一代诗风。

④义熙：东晋安帝年号，公元405~418年。

⑤谢益寿斐然继作：谢混，字叔源，小字益寿。斐（fěi）然，有文采貌。继作，继郭璞、刘琨而作。

⑥元嘉：南朝宋文帝年号，公元424~453年。

⑦谢灵运：南朝宋著名山水诗人，小名客儿。

⑧才高词盛四句：才高词盛，有才气而作品多。富艳，文辞富丽华艳。难踪，难于追随其踪迹。固，肯定之词。含跨，包容、超越。凌铄（lì），欺压、压倒。潘左，指潘岳和左思。

⑨陈思：曹植封陈思王，死后谥思。后称陈思王、陈思或思王。

⑩公干、仲宣为辅：公干，刘桢字公干。仲宣，王粲字仲宣。均为建安著名诗人。辅，辅佐。

⑪英：英杰，杰出的人。

⑫安仁、景阳为辅：安仁，潘岳字安仁。景阳，张协字景阳。

⑬雄：英雄，杰出的人。

⑭颜延年为辅：颜延之字延年，南朝宋著名诗人，与谢灵运齐名，世称"颜谢"。

⑮斯皆五言之冠冕：斯，代词，此。这里指曹植以下八位诗人。五言，指五言诗。冠冕，冠、冕都是帽子的意思，这里是指第一、首位。

⑯文词之命世：文词，文章，这里指五言诗歌。命世，犹名世，闻名于世。

译文

首先，郭璞以他挺拔出众之诗才，拨乱反正，转变诗体；刘琨依仗清新刚健的诗风推波助澜促成这一善举。但是寡不敌众，没有能够改变一代玄言诗风。到了义熙时代，谢混以他文采斐然的作品继绝前响。元嘉时期，谢灵运诗才高妙，创作丰富，他的诗歌富丽华赡，无人与之比肩，的确已经超越刘琨、郭璞，压倒潘岳、左思。由此可知，曹植是建安时期的豪杰，刘桢、王粲为其左右；陆机为太康时期的英雄，潘岳、张协为其左右；谢灵运是元嘉时期的雄杰，颜延年是他的助手。这些诗人都是五言诗的领袖人物，以诗歌名高一世的呵！

原文

夫四言，文约意广，取效风骚，便可多得①。每苦文繁而意少，故世罕习焉②。五言居文词之要，是众作之有滋味者也③，故云会于流俗④。岂不以指事造形，穷情写物，最为详切者耶⑤！

注释

①夫四言四句：夫，发语词，无意义。四言，指四言诗。文约意广，文字简约，含义深广。取效，取法、学习。风骚，指《诗经》和《离骚》。风，原指《诗经》中的《国风》；骚，指屈原《离骚》。后世概称我国优秀文学传统的来源谓"风骚"。

②每苦两句：每，常常。苦，不称意之谓，苦于。文繁而意少，文字繁多而内容鲜少，是文约意广之反。罕习，很少写作。

③五言两句：文词，指诗歌。要，关键、主宰。陆机《文赋》："立片言而居要，乃一篇之警策。"众作，各种诗歌体裁。如四言、五言、七言、杂言。滋味，诗歌内容与形式、思想与艺术诸方面均好，耐人咀嚼，回味无穷者，谓之有"滋味"。

④故云会于流俗：合于世俗。会，合也。流俗，世俗、一般人之嗜好。此处世俗无贬义。

⑤岂不以三句：指事造形，按事物本然，描绘其形象。穷情写物，穷作者之情以摹写外物。详切，详其情而切其要。

译文

四言诗，文字简约而含义深广，若能效法十五《国风》和屈原《离骚》，便可多有所得。然而往往苦于文字繁杂而内容单薄，所以近代以来，很少有人学写四言诗。五言诗是诗歌中最重要的体裁，是种种诗体中最有滋味的一种，因此说它迎合社会上一般人的趣味。在依事造形、穷情写物方面，难道还有比五言诗更加详尽切要的体裁吗！

原文

故诗有三义焉：一曰兴，二曰比，三曰赋①。文已尽而意有余，兴也；因物喻志，比也；直书其事，寓言写物，赋也。宏斯三义，酌而用之，干之以风力，润之以丹彩，使味之者无极，闻之者动心，是诗之至也②。若专用比兴，则患在意深，意深则词踬③。若但用赋体，患在意浮，意浮则文散，嬉成流移，文无止泊，有芜漫之累矣④。

注释 ①诗有三义四句:《毛诗序》云:"故诗有六义焉:一曰风,二曰赋,三曰比,四曰兴,五曰雅,六曰颂。"达按,风、雅、颂为诗之体裁,赋、比、兴为诗之表现手法。此言赋、比、兴者,言表现手法也。

②宏斯三义七句:以赋、比、兴三义斟酌而使用,风力、丹采兼而有之,则为诗之至也。宏,广、大,此处有扩大、包融之意。斯,此。三义,赋、比、兴也。酌,斟酌、酌情而用。干之以风力,以风力为骨干。润之以丹彩,以文采润饰之。风力,这里指文气。丹彩,指文采。味,体味、品赏。无极,无边、无穷。至,顶点、极品。

③专用比兴三句:一味以比兴为诗,则词义隐晦难明,是谓意深。词踬(zhì):文字蹇碍,不顺畅。

④但用赋体六句:一味用赋体,则语无蕴藉,是谓意浮。文词散缓,枝蔓芜累,则诗亦无滋味矣。但,只、唯。嬉,嬉戏、玩乐。流移,流动迁移。指文章散漫,文意不集中。止泊,停留、停顿。文无止泊,即文体松散,下笔不能自休。芜漫,芜杂散漫。累,病也。

译文 所以说诗歌的表现手法有三种:第一种叫兴,第二种叫比,第三种叫赋。文章已尽而含义深远的,就是兴;借形象描写来寄托思想的,就是比;直接刻画事物,摹写它的情状的,就是赋。尽量采用这三种表现手法,根据写作意图因地制宜采用三种手法,以风力为主干,以文采来润饰,使读者趣味无穷,使听众心动神摇,是诗歌的最高境界。如果专门用比和兴两种手法,其弊端在于意思深奥难明,深奥难明往往文词艰涩。如果一味采用赋体,其弊端在于意思直露浅显,直露浅显往往文字散漫,油滑浮泛,文章失去控制,这样就显出芜杂枝蔓的毛病来了。

原文

若乃春风春鸟,秋月秋蝉,夏云暑雨,冬月祁寒,斯四候之感诸诗者也①。嘉会寄诗以亲②,离群托诗以怨③。至于楚臣去境④,汉妾辞宫⑤,或骨横朔野⑥,或魂逐飞蓬⑦;或负戈外戍,杀气雄边⑧;塞客衣单,孀闺泪尽⑨;或士有解佩出朝,一去忘返⑩;女有扬蛾入宠,再盼倾国⑪。凡斯种种,感荡心灵,非陈诗何以展其义?非长歌何以骋其情⑫?故曰:"诗可以群,可以怨⑬。"使穷贱易安,幽居靡闷,莫尚于诗矣⑭。

注释

①春风春鸟五句:谓自然季节之更替,引起诗人情感之起伏,诗歌由是而产生。《文心雕龙·物色》曰:"献岁发春,悦豫之

情畅；滔滔孟夏，郁陶之心凝；天高气清，阴沈之志远；霰雪无垠，矜肃之虑深。岁有其物，物有其容，情以物迁，辞以情发。"祁，大也。四候，四季。

②嘉会寄诗以亲：古人于宾主欢宴时，有互以诗赠答之习俗。李陵《与苏武诗三首》之二，曰："嘉会难再遇，三载为千秋。"嘉会，盛会、宴会。亲，亲热、亲爱、亲密。

③离群托诗以怨：古人于亲人、友朋分别之际，互赠诗歌以释思念之情。《古诗十九首》之一，曰："行行重行行，与君生别离。"怨，离恨。

④楚臣去境：楚臣指屈原。《史记·屈原贾生列传》云："屈原名平，为楚怀王左徒，被谗，放逐于江南。"屈原作《离骚》，《史记·屈原贾生列传》："离骚者，犹离忧也。"

⑤汉妾辞宫：汉妾，指王昭君。《汉书·元帝纪》云："竟宁元年，匈奴呼韩邪单于来朝，赐单于待诏掖庭王嫱为阏氏。"王昭君，名嫱。

⑥骨横朔野：朔野，朔方之郊野。朔，指今陕西西北部及内蒙古一带。白骨，王粲《七哀诗》："出门无所见，白骨蔽平原。"

⑦魂逐飞蓬：曹植《杂诗六首》之二曰："转蓬离本根，飘摇随长风。"又《赠白马王彪》之五曰："孤魂翔故域，灵柩寄京师。"魂，鬼魂。蓬，蓬草。

⑧负戈外戍,杀气雄边:负戈外戍,《古乐府》:"十五从军征,八十始得归。"负,肩负。外戍,守卫边疆。杀气,战争时凶险氛围。雄,雄威。边,边塞、边关、边疆。

⑨塞客衣单,孀闺泪尽:塞客,赴边塞之游子。孀闺,闺中寡妇,其夫为战争中死难者。

⑩士有解佩出朝两句:解佩出朝,抛弃官职,退出仕途。佩,表明官阶的饰物。解,除。

⑪女有扬蛾入宠两句:指汉武帝李夫人事。李夫人之兄李延年,在武帝前歌曰:"北方有佳人,绝世而独立。一顾倾人城,再顾倾人国。宁不知倾城与倾国,佳人难再得。"事见《汉书·外戚列传》。扬蛾,扬与蛾均指眉。《诗经·齐风·猗嗟》:"美目扬兮。"《传》:"好目,扬眉。"《疏》:"盖以眉毛扬起,故名眉为扬。"入宠,入宫受宠。倾国倾城,言貌美好。

⑫非陈诗两句:陈诗,古制也。古代有采风之制,搜集民间诗歌陈献于上。《礼记·王制》:"命大师陈诗,以观民风。"《注》:"陈诗,谓采其诗而视之。"展,展现。义,指思想感情。长歌,放声高歌。骋(chěng),纵马奔驰。引申为奔放,谓感情奔放。

⑬诗可以群,可以怨:《论语·阳货》:"子曰:小子何莫学夫诗?诗可以兴,可以观,可以群,可以怨。"钟嵘取其二而言之。可以群,指诗歌有感染、振奋、鼓动人的作用。可以怨,

指诗歌有讽刺不良政治的作用。

⑭穷贱易安三句：穷贱，穷贱者。易安，善于安贫乐道。幽居，隐居，指隐居者。靡，无。尚，上也。

译文

至于春风春鸟，夏云暑雨，秋月秋蝉，隆冬严寒，这四季节候是会触发诗人感情的。宾主欢宴以诗唱和来表达情谊；离群远去借诗抒情来寄托怨愁。至于屈原被放逐，昭君离汉宫；还有骨横塞外，魂如转蓬；还有执戟守边，威震关山；游子衾寒，寡妻泪干；还有官吏挂冠隐退，去而不返；美女受宠入宫，为其有倾国倾城之貌。诸如这种种悲欢离合，感动和激荡着诗人的心灵，不陈献上诗歌怎么能展现他们的思想，不高歌怎么能畅达他们的感情？所以孔子说："诗可以群，可以怨。"使人安贫而乐道，孤寂而无闷，没有比诗更好的了。

原文

故词人作者，罔不爱好①。今之士俗，斯风炽矣②。才能胜衣，甫就小学，必甘心而驰骛焉③。于是庸音杂体，人各为容④。至使膏腴子弟，耻文不逮⑤。终朝点缀，分夜呻吟⑥。独观谓为警策，众睹终沦平钝⑦。次有轻薄之徒，笑曹、刘为古拙⑧；谓鲍照羲皇上人;谢朓今古独步⁹。而师鲍照,终不及"日中市朝满⑩"。学谢朓,劣得"黄鸟度青枝⑪"。徒自弃于高明,无涉于文流矣⑫。

注释

①词人作者两句:词人,诗人。罔,无、莫。爱好,指爱好诗歌写作。

②今之士俗两句:士,指读书人。俗,指一般俗人、附庸风雅者。斯风,指作诗之风气。炽,热烈。

③才能胜衣三句:谓斯风之盛,无遗孩童。胜衣,儿童稍长,其体力刚能胜任衣服之重。甫,开始。就,就读。小学,《汉书·食货志》:"八岁,入小学,学六甲五方书计之事。"小学,指儿童之学。甘心,情愿、乐意。驰骛(wù),奔驰、追逐。

④庸音杂体,人各为容:庸音,平庸之音。杂体,杂乱之体。均指诗歌之拙劣者。人各为容,指所写诗不成体统、不像样子,随心所欲,因人而异。"人各为容"一语在此有贬义。

⑤膏腴(yú)子弟,耻文不逮:膏腴子弟,富家子弟,亦称膏粱年少。耻文不逮(dài),以不会作诗为耻辱。逮,达到。

⑥终朝(zhāo)点缀(zhuì),分夜呻吟:因耻文不逮而呻吟修改,无分日夜。终朝,整日。点缀,妆点。这里指修改、润色。分夜,半夜。呻吟,持续不断地吟咏。

⑦独观两句:谓自以为佳,而实际平钝。独观,自己一个人

看。警策，本指马受鞭而悚动，引申为文章中精炼切要、词义深妙之章句。众睹，大家观看。终，终于、最终。平钝，平庸拙劣。沦，沦落、沉没。

⑧次有轻薄之徒两句：次有，还有。轻薄之徒，不稳重的人、信口雌黄者。笑，嗤笑。曹刘，指曹植、刘桢。古拙，古朴拙劣而无文采。

⑨谓鲍照两句：鲍照，字明远，南朝宋著名诗人。羲皇，指上古传说中之帝王伏羲氏。上人，职位高之统治者。马王堆汉墓帛书《十大经》："上人正一，下人静之，正以待天，静以待人。"达按，陈延杰《诗品注》引《晋书·陶潜传》，并谓"此盖讥鲍诗之古质"，非也。此乃言鲍诗独出众人之上，犹若伏羲之出于人伦也。不然，下文"师鲍照"句何以解？又《诗品》卷中评鲍照云："故言险俗者，多以附照。"萧子显《南齐书·文学传论》言鲍照有云："发唱惊挺，操调险急，雕藻淫艳，倾炫心魂，斯鲍照之遗烈也。"是知鲍诗并非古质，一也；鲍诗为当时后进之士所仰慕，二也。故谓鲍照羲皇上人，非言其古质，而谓"轻薄之徒"之盲目推崇也。谢朓（tiǎo），字玄晖，南朝齐著名诗人。今古独步，自古至今独步诗坛。《诗品》卷中评谢朓云："善自发诗端，而末篇多踬。此意锐而才弱也。至为后进士子之所嗟慕。"鲍谢诗，钟嵘归入中品，而"轻薄之徒"则誉为诗中之羲皇，今古之独步，不亦失当

乎?而"师鲍照""学谢朓",不过尔尔。宜其"自弃于高明","无涉于文流"也。

⑩师鲍照句:谓"轻薄之徒"师法鲍照,未逮"日中市朝满"。"日中市朝满",见鲍照诗《代结客少年场行》。

⑪学谢朓句:谓"轻薄之徒"学习谢朓,仅得"黄鸟度青枝"此等拙劣之句。达按,宋陈师道《后山诗话》云:"谢朓亦云'黄鸟度青枝',语巧而弱。"今查谢朓现存诗一百四十四首,其中五言一百四十二首,四言二首,五言散句二,未见"黄鸟"句。齐虞炎《玉阶怨》有"紫藤拂花树,黄鸟度青枝"句。盖后山误也,然句弱可见焉。

⑫徒自弃于高明两句:徒,徒然。高明,"轻薄之徒"以为之"高明",指鲍照、谢朓。涉,涉足、踏进。文流,文学家之行列。

译文

所以文人雅士,没有不爱好诗歌的。当今的雅士俗人,作诗之风尤盛。尚在孩提,刚开始启蒙,就跃跃欲试,乐于此道了。于是平庸之作,杂乱无章之体,就纷至沓来,相继而出。甚至使得那些富家子弟,生怕诗写不好,整天修改润色,反复讽吟直至深夜。自己独自观看,认为是佳句佳作;在众人看来,仍是浅陋之作。更有一等不知天高地厚之徒,嗤笑曹植、刘桢的诗古朴拙劣；而认为鲍照是诗中伟人，谢朓独绝今古。但他们学鲍照，还赶不上"日中市朝满"这样的诗句；学谢朓仅得"黄鸟度青枝"那样拙劣的诗句。只好说他们徒然有悖于高明，无缘进入文学家的行列了。

原文

观王公搢绅之士①，每博论之余②，何尝不以诗为口实③；随其嗜欲④，商榷不同⑤。淄渑并泛⑥，朱紫相夺⑦，喧议竞起，准的无依⑧。近彭城刘士章，俊赏之士⑨，疾其淆乱，欲为当世《诗品》⑩，口陈标榜⑪，其文未遂，感而作焉⑫。昔九品论人⑬，《七略》裁士⑭，校以宾实，诚多未值⑮。至若诗之为技，较尔可知⑯，以类推之，殆均博奕⑰。

注释

①王公搢绅之士：亦轻薄之徒者流也。搢（jìn），插。绅（shēn），古之腰带。搢绅，插笏版于腰带间。旧时官吏之妆束，引申为官宦之代称。《晋书·舆服志》云："所谓搢绅之士者，搢笏而垂绅带也。"搢，亦作"缙"。

②博论：犹言高谈阔论。博，宏富、博学。

③口实：谈资、话题。

④嗜（shì）欲：嗜好、欲望。

⑤商榷（què）：商量、讨论。不同：指对诗之优劣品味相异。

⑥淄（zī）渑（shéng）并泛：淄、渑，二水名，均在山东省境内。旧说二水味异，合流则难辨。并泛，合流。

⑦朱紫相夺：朱为正色，紫为间色，有正邪之别。然二色相近，易于混淆。《论语·阳货》："子曰：'恶紫之夺朱也，恶郑声之乱雅乐也，恶利口之覆邦家者。'"夺，侵夺。

⑧喧议竞起，准的无依：谓识浅论杂，无的可依。喧议，杂乱无章之议论。准的（dì），标准。依，依据。

⑨彭城刘士章两句：彭城，今江苏省铜山县。刘士章，刘绘字士章，南朝齐著作郎，中庶子。《诗品》列为下品。俊赏之士，杰出的诗歌鉴赏家。

⑩疾其淆乱两句：谓刘士章痛心世人品诗之淆乱而欲著《诗品》以正之。疾，厌恶、痛恨。淆乱，混乱。

⑪口陈标榜：口头陈说诗人之品属。标榜，品评的意思。

⑫其文未遂两句：谓刘士章于当世诗人口头已有品评，而其作未遂。钟嵘有感于此而作《诗品》。遂，成功。

⑬九品论人：东汉以后，社会上有品评人物之风气，共设九品：上上、上中、上下；中上、中中、中下；下上、下中、下下。班固《汉书》有《古今人表》，举古今人物，分为九等。

⑭《七略》裁士：班固《汉书·艺文志》云："成帝时，诏刘向校经传诸子诗赋……向辄条其篇目，撮其指意，录而奏

之。会向卒……（向子）歆于是总群书，而奏《七略》。故有《辑略》，有《六艺略》，有《诸子略》，有《诗赋略》，有《兵书略》，有《数术略》，有《方技略》。"其书已佚，清人有辑本。略，类。此谓品人、品诗古已有之，今沿袭耳。

⑮校（jiào）以宾实两句：校，核对、核实。宾实，名实。《庄子·逍遥游》："名者，实之宾也。"值，名实相符谓"值"。未值，不相当、名不副实。

⑯诗之为技，较尔可知：技，技艺、技巧。较尔，明显的样子。较，比较。意谓诗以技艺为之，一经比较，便见高下。

⑰殆均博奕（yì）：殆，大概、庶几。博奕，六博与围棋。古代之戏具。《论语·阳货》："不有博奕者乎？"奕、弈通。

译文

看那批王公贵族之徒，每每在高谈阔论之余，何尝不把诗歌作为话题，随着各人的兴趣爱好，对诗歌提出种种不同的看法。一时间，是非难辨，良莠不分，喧喧嚷嚷争论不休，连裁定的标准都没有。近来，彭城的刘绘，是个优秀的诗歌鉴赏家，他痛感诗坛的混乱，想撰写一部评论当代诗歌的《诗品》，虽然口头上作过一些评论，但终于没有成文。我有感于此而作《诗品》一书。从前有过九品论人的著作，《七略》也裁定过各类作家，核对一下品第和实际情况，实在不太恰当。说到诗歌，它是一种技艺，是好是坏，一经比较便可清楚，打个比喻来说，大致同下围棋相仿。

原文

方今皇帝，资生知之上才①，体沉郁之幽思②，文丽日月③，赏究天人④。昔在贵游⑤，已为称首⑥。况八纮既奄，风靡云蒸⑦，抱玉者联肩，握珠者踵武⑧。以瞰汉、魏而不顾，吞晋、宋于胸中⑨。谅非农歌辕议，敢致流别⑩。嵘之今录，庶周旋于闾里，均之于谈笑耳⑪。

注释

①方今皇帝两句：从"方今皇帝"至"吞晋、宋于胸中"，系钟嵘对本朝歌功颂德之语，颇溢美焉。方今，犹言当今。皇帝，指梁武帝萧衍。资，天资、天赋，作动词用，天赋予。生知之上才，《论语·季氏》："孔子曰：'生而知之者，上也；学而知之者，次也；困而学之，又其次也。困而不学，民斯为下矣！'"生知，即生而知之者。上才，第一等天才。

②体沉郁之幽思：体，体察。沉郁，深沉郁积，指文思而言。幽思，幽深的文思。

③文丽日月：《易·离》："日月丽乎天，百谷草木丽乎土。"丽，附丽、依附。

④赏究天人：赏，欣赏、鉴赏。究，穷究。天人，天人之理，

自然和社会之理。

⑤昔在贵游：《周礼·地官·师氏》："凡国之贵游子弟学焉。"郑玄注："贵游子弟，王公之子弟。游，无官司者。"南北朝时含义已有不同，"贵游"一词，义近贵族文学。《梁书·武帝纪》："齐竟陵王开西邸，招文学，帝与沈约、谢朓、王融、萧琛、范云、任昉、陆倕并游，号称八友。"达按，台湾学者王梦鸥著《古典文学论》一书，中有《贵游文学与六朝文体的演变》，专文论及贵游文学云："'贵游'一词，早见于《周礼·地官·师氏》之文，郑玄注释贵游子弟为王公子弟之无官司者。其本来的涵义是指贵族少年，他们生活优裕而多闲暇，但未必皆与文学结缘。从前青木正儿先生在《中国文学思想史》第122页使用'贵游文学'一词，以指宋玉以下一系列官廷文士与侯门清客的文学，其涵义较可涵盖此一事实，而大意尤切近于班固在《两都赋·序》所指称的'言语侍从之臣'。这些臣僚，虽不尽是出身于贵族，但以言语的技艺伺候当时对文学有兴趣的贵人，上自天子，下及侯王，则是他们共同的职业性。因此，贵游文学家可包括天子侯王以及言语之侍臣，而稍别于一般的士大夫。倘从其职业性考察，其来历可远溯至上古的祝巫卜史，唯其分化而独立的时代，当在春秋之后，战国之世。"录此以供参考。

⑥已为称首：谓梁武帝为当时贵族文学之首领。

⑦八纮(hóng)既奄两句：八纮，八方。《淮南子·原道》注："八纮，天之八维也。"既，已经。奄(yǎn)，原意为覆盖，引申为天下统一。风靡云蒸，亦作风靡云集。《后汉书·冯异传》："方今英俊云集，百姓风靡。"以风之所从，云之蒸腾喻人才涌现，以佐君王。

⑧抱玉者联肩两句：曹植《与杨德祖书》云："人人自谓握灵蛇之珠，家家自谓抱荆山之玉。"抱玉、握珠，均指才华出众的文人。联肩、踵武，皆谓人才辈出。

⑨以瞰(kàn)汉、魏而不顾两句：固，已然。瞰，俯视。不顾，不屑一顾。吞，包含。两句谓，方今文坛盛况，远非汉、魏、晋、宋之所能比。皆溢美之辞也。

⑩谅非农歌辕议两句：言当今文章之盛，势在空前，非余之所敢评议者。农歌辕议，农夫之歌谣、赶车人之议论。为钟嵘自谦之辞，谓所著《诗品》，一似乎农歌辕议，未敢将当代诗人评论列品。此婉言谢绝之词。

⑪嵘之今录三句：上文言当今诗人，才高词盛，未敢致流别。此言所品评者，亦均于闾里谈笑之词，不足以登大雅之堂。亦谦辞也。

译文

当今皇上，具有生而知之的第一流才干，能体察深奥幽微的情思，文章如日月之丽天，鉴赏力可穷极人道天理。从前，已在贵族文学家中，居于"竟陵八友"之首，何况现在天下统一，俊才辈出，才思敏捷、文章出众的人一批接着一批地涌现。早已是阔步高视，不把汉魏放在眼里，气吞山河，视晋宋如草芥微末。鉴于上述盛况，确实不是我的不登大雅之堂的评论所敢于将他们入第归品的。我现在的著作，大概只能流传于乡里街巷，等同于谈笑而已。

原文　一品之中，略以世代为先后，不以优劣为诠次①。又其人既往，其文克定②。今所寓言，不录存者③。夫属词比事，乃为通谈④。若乃经国文符，应资博古⑤，撰德驳奏，宜穷往烈⑥。至乎吟咏情性，亦何贵于用事⑦？"思君如流水"，既是即目⑧；"高台多悲风"，亦惟所见⑨；"清晨登陇首"，羌无故实⑩；"明月照积雪"，讵出经史⑪。观古今胜语，多非补假，皆由直寻⑫。颜延、谢庄，尤为繁密⑬。于时化之。故大明、泰始中⑭，文章殆同书抄⑮。

注释　①一品之中三句：此属编纂凡例。一品之中，唯以时代为先后，不以优劣为次第，然评语自显优劣也。诠（quán）次，选择和编排。

②其人既往，其文克定：人逝世之后，文章才能盖棺论定。既往，已去世。克，能。

③今所寓言，不录存者：寓言，寄言于《诗品》之中。存者，指活着的诗人。

④属词比事，乃为通谈：《礼记·经解》："属词比事，《春秋》教也。"孔颖达《疏》："属，合也。比，近也。《春秋》聚合会同之词，是属词；比次褒贬之事，是比事也。"连缀文词，排列史实，谓之属词比事。这里属词指写文章，比事指用典故。通谈，常谈。

⑤经国文符，应资博古：经国文符，指治理国家大事的文书、文告。符，属"符命"一类文体。资，用。博古，鸿博古雅。指文中征引典故。

⑥撰（zhuàn）德驳奏，宜穷往烈：撰德，陈述德行。驳，指驳议；奏，指奏疏。均为臣下呈献皇帝之公文。此两种公文应尽量称引古人事迹，以增强说服力。穷，穷尽。往烈，以往之功绩。

⑦吟咏情性两句：诗以抒情言志为宗旨，自不当以用事为贵。用事，诗文中的典故。钱钟书《管锥编》第四卷第1446页论及谈艺之特识先觉，独标钟嵘，云："钟嵘三品，扬抑作者，未见别裁，而其《中品·序》痛言'吟咏情性，何贵用事'，则于六朝下至明清词章所患间歇热、隔日疟，断定病候，前

人之所未道，后人之所不易。"

⑧"思君如流水"，既是即目："思君如流水"，徐干《室思》中诗句。即目，目之所及，在眼前。即，及也。

⑨"高台多悲风"，亦唯所见："高台多悲风"，曹植《杂诗》中诗句。亦唯所见，也是眼前所见。

⑩"清晨登陇首"，羌无故实："清晨登陇首"，据《北堂书抄》引张华诗："清晨登陇首，坎壈行山难。"羌（qiāng），发语词，无实义。故实，典故。

⑪"明月照积雪"，讵出经史："明月照积雪"，谢灵运《岁暮》中诗句。讵，岂。经史，中国古籍分经史子集四部，旧时诗文用典，多出自四部。

⑫观古今胜语三句：谓古来佳句佳作，皆自出胸臆，非引自经史。胜语，名句、佳句。补假，补缀、假借。拼凑前人语句和典故。直寻，直抒胸臆。

⑬颜延、谢庄，尤为繁密：谓颜延之、谢庄作诗，擅用典使事，故云"尤为繁密"。繁密，繁杂、细密。指用典频繁。颜延之省为颜延，是受骈文格律限制所致。

⑭大明：宋孝武帝年号，公元457～464年。泰始：宋明帝年号，公元465～471年。

⑮书抄：抄书。

译文

在同一品第中，人名的排列大致上以时代先后为次序，不以成就的高低为最殿。另外，只有人死之后，作品方能盖棺论定，因而，入品的作家，不收录在世的。写作这件事，需要遣词造句，组织史实材料，这是一般的道理。至于像治国的文章符命，应当博采故实；称颂伟大德行的驳奏文告，理应尽量追溯过去的功绩。但是以吟咏情性为主的诗歌，为什么要以用典为贵呢？比如像"思君如流水"，已经如在目前；"高台多悲风"，也像亲眼所见；"清晨登陇首"，并不曾用典；"明月照积雪"，出于何经、何史？统观古往今来名句名篇，绝大多数不用前人成语和拼凑典故，都是自出胸臆，直抒感受。颜延之和谢庄，用典更为烦琐、细密。随着时代的发展，越演越烈。到了大明、泰始年间，写诗已经几乎同抄书无异。

原文

近任昉、王元长等①，辞不贵奇，竞须新事②。尔来作者，浸以成俗③，遂乃句无虚语，语无虚字，拘挛补衲，蠹文已甚④。但自然英旨，罕值其人⑤。词既失高，则宜加事义⑥，虽谢天才，且表学问，亦一理乎⑦！

注释

①任昉：字彦升，南朝梁文学家。《诗品》列为中品，评语曰："既博物，动辄用事，所以诗不得奇。"王元长：王融，南朝齐文学家，《诗品》列为下品。

②辞不贵奇，竞须新事：谓作诗不贵创新，竞相争用新典。竞，争逐。须，资、用。新事，用典刻意求新。

③尔来作者，浸以成俗：谓近时以来之作者，习以用典为俗。尔来，近来。浸（jìn），渗透，浸入。俗，习俗。

④句无虚语四句："句无虚语，语无虚字"，谓句句用典，语语用典，义同宋黄山谷论诗语"无一字无来处"。虚语、虚字，没有出处的语、字。拘挛（luán），拘束、拘禁，不自然。补衲，补缀。拘挛补衲，略同《南齐书·文学传论》所云"缉事比类，非对不发，博物可嘉，职成拘制。或全借古语，用申今情，崎岖牵引，直为偶说"之意。蠹（dù）文，毒害诗文。

⑤自然英旨，罕值其人：谓用事蠹文，自然英旨，了无其人也。自然英旨，自然清新的精美诗作，指诗之真美。罕值，很少遇到。

⑥词既失高，则宜加事义：谓诗既不高明，无妨添加典实。词，指诗作。高，高明。事义，典故与义理。

⑦虽谢天才三句：言虽无作诗之天才，故以学问为长，亦一途也。谢，绝、辞别。且，姑且。此为揶揄之词也。

译文

近来，任昉、王融等人，作诗不以创新为贵，却竞相追求用典的新颖、猎奇。近来的作者，渐渐形成一种风气。于是，句无不典，语无己意，牵强附会，拼凑饾饤，把诗风败坏得不像样子。只是自然清新的精美诗作，再也没有人写得出了。既然写不出高妙的诗作，那么就添加典故义理；虽然缺乏天才，姑且卖弄一下学问，也可以说是作诗的一条途径吧！

原文

陆机《文赋》，通而无贬①；李充《翰林》，疏而不切②；王微《鸿宝》，密而无裁③；颜延论文，精而难晓④；挚虞《文志》，详而博赡，颇曰知言⑤。观斯数家，皆就谈文体，而不显优劣⑥。至于谢客集诗，逢诗辄取⑦；张骘《文士》，逢文即书⑧。诸英志录，并义在文，曾无品第⑨。嵘今所录，止乎五言。虽然网罗今古，词文殆集⑩。轻欲辨彰清浊，掎摭病利⑪，凡百二十人⑫。预此宗流者，便称才子⑬。至斯三品升降，差非定制⑭，方申变裁，请寄知者尔⑮。

注释

①陆机《文赋》，通而无贬：李善注《文选》卷十七引臧荣绪《晋书》云："（陆）机妙解情理，心识文体，故作《文赋》。"许文雨《文论讲疏》云："陆机《文赋》，妙解情理，心识文体，

自可谓之通矣。但仲伟谓其'无贬',则殊不见然。《赋》中明有'虽应而不和','虽和而不悲','虽悲而不雅','既雅而不艳'云云,即区分褒贬之征也。"达按,通,谓《文赋》妙解情理,通论文章之作法。无贬,指未曾涉及作家、作品之品第褒贬。"虽和而不应"云云,仍通论文章作法,非属人文之褒贬也。钟说是。无贬,曾无褒贬。

②李充《翰林》,疏而不切:李充,字弘度,东晋初江夏人。《翰林》,李充作《翰林论》五十四卷,全书早亡佚,《全晋文》辑录数条。疏,粗也。不切,不切要、不精当。

③王微《鸿宝》,密而无裁:王微,字景玄,南朝宋诗人。《诗品》入中品。《隋书·经籍志》载王微著《鸿宝》十卷,书今不传。密而无裁,虽细密,然于诗人亦无品第裁定。

④颜延论文,精而难晓:颜延之著《庭诰》,其中有论文之语。难晓,难明。

⑤挚虞《文志》三句:据《隋书·经籍志》:"《文章志》四卷,挚虞撰。"今已佚。博赡(shàn),博大丰富。知言,《孟子·公孙丑上》云:"敢问夫子恶乎长?曰:我知言。……何谓知言?曰:诐辞知其所蔽,淫辞知其所陷,邪辞知其所离,遁辞知其所穷。"知言,指善于分析言辞、文章。

⑥就谈文体,不显优劣:即上文所谓"通而无贬"。

⑦谢客集诗,逢诗辄取:据《隋书·经籍志》,谢灵运有《诗

集》五十卷、《诗集抄》十卷、《诗英》九卷,均已亡佚。辄(zhé),便、就。

⑧张骘(zhì)《文士》,逢文即书:《隋书·经籍志》载:"《文士传》五十卷,张隐撰。""隐"字疑"骘"字之误,其书已佚。书,书写、抄写。

⑨诸英志录三句:谓谢客、张骘诸人之撰,着眼于文章本身,亦无品第。诸英,几位杰出人士。志录,记录。并义在文,谓诸书之宗旨在于文章本身。

⑩嵘今所录五句:谓《诗品》之作,只评五言诗人,然并非限于当今,而古今五言诗人均集而评焉。网罗,搜罗。

⑪轻欲辨彰清浊两句:谓《诗品》之作,欲显优劣,明利弊,非通而无贬也。轻,轻率地,自谦之词。辨彰,辨明。彰,彰明。清浊,优劣。掎摭(jǐzhí),指摘。曹植《与杨德祖书》云:"刘季绪才不能逮于作者,而好诋诃文章,掎摭利病。"利病,利弊。

⑫凡百二十人:凡,总计。《诗品》上品列十一人,中品三十九人,下品七十二人,共计一百二十二人。所云百二十人,就其整数言尔。

⑬预此宗流者两句:谓能入品者,均为才士。预,参与、进入。宗流,流派。此处盖指上、中、下三品。才子,才华出众的人。

⑭三品升降,差非定制:嵘意上中下三品或升或降,本无定制,故请寄知者。按《诗品》中、下二品中人,时有斟酌。如评张华曰:"今置之中品,疑弱,处之下科,恨少,在季、孟之间矣。"评郭泰机等五人曰:"吾许其进,则鲍照、江淹,未足逮止。越居中品,佥曰宜哉。"下品评戴逵曰:"安道诗虽嫩弱,有清上之句。裁长补短,袁彦伯之亚乎?"差(chā),略、尚。定制,一定的制度、不可更动的规定。范晔《后汉书·胡广传》:"盖选举因才,无拘定制。"

⑮方申变裁两句:方,将也。《诗经·秦风·小戎》:"方何为期?胡然我念之。"朱熹《集传》云:"将以何时为归期乎?"申,表明。变裁,改变裁定。寄,寄托。知者,知音者。嵘意以为,三品之定,实一家之见,将来有申明变裁者,则托诸来贤。

译文

陆机的《文赋》,通论写作方法而无作家作品的褒贬;李充的《翰林论》,粗略而未必精切;王微的《鸿宝》,虽然细致但不加裁夺;颜延之论述文学的话,纵然精微,却又意思难于理解;挚虞的《文章志》,详尽宏富,可以说善于鉴别文词。统观以上数家之作,都就文体本身发表看法,而不表明作家作品的高低优劣。至于说到谢灵运搜录的诗集,见诗便收;张骘的《文士传》，逢文就录。这些杰出人物的著作，宗旨都在文章本身，不曾有所品评。我的著作所收录的，只限于五言诗人。尽管如此，已将古往今来的五言诗人全都搜集起来。不揣冒昧地想辨明优劣，批评好坏，共计一百二十位诗人。能够入品的都可称为才子。至于上、中、下三品的升降变化，还不能说是固定不变的，将来表明有需要调整的，但愿拜托真正的诗歌评论家了。

原文

昔曹、刘殆文章之圣，陆、谢为体二之才①，锐精研思②，千百年中，而不闻宫商之辨，四声之论③。或谓前达偶然不见④，岂其然乎！

注释

①昔曹刘两句：曹刘，指曹植、刘桢。圣，圣人。《诗品》评曹植："陈思之于文章也，譬人伦之有周、孔。"评刘桢："自陈思已下，桢称独步。"又"孔氏之门如用诗，则公干升堂，思王入室。"体二，《文选》李康《运命论》云："虽仲尼至圣，颜、冉大贤，揖让于规矩之内，誾誾于洙泗之上，不能遏其端。孟轲、孙卿体二希圣，从容正道，不能维其末。"《五臣注》张铣曰："孟、孙二子体法颜、冉，故曰体二。"此处则指陆机、谢灵运体法曹植、刘桢文章之二圣。体，体法、学习。

②锐精研思：精心钻研。谓曹、刘、陆、谢锐精研思。

③宫商之辨，四声之论：古代音分宫、商、角、徵、羽，声别平、上、去、入。谓之五音、四声。

④或谓前达偶然不见：《宋书·谢灵运传论》："夫五色相宣，八音协畅，由乎玄黄律吕，各适物宜，欲使宫羽相变，低昂互节，若前有浮声，则后须切响。一简之内，音韵尽殊；两句之中，轻重悉异。妙达此旨，始可言文。……自骚人以来……此秘未睹。至于高言妙句，音韵天成，皆暗与理合，匪由思至。张、蔡、曹、王，曾无先觉；潘、陆、谢、颜，去之弥远。"达按，钟嵘谓"或谓前达偶然不见"，盖指此耶？前达，从前的贤达之士。

译文

前代的曹植和刘桢可以称之为文章中的圣人，陆机和谢灵运是效法二圣的亚圣之才。前人对于诗歌之道精研深思，但千百年来从未听说他们谈论过五音之别，四声之论。也许说是由于从前的贤士达人偶然没有发现，难道真是这样吗？

原文

尝试言之：古曰诗颂，皆被之金竹①，故非调五音，无以谐会②。若"置酒高堂上"③"明月照高楼"④，为韵之首。故三祖之词，文或不工，而韵入歌唱，此重音韵之义也⑤。与世之言宫商异矣⑥。今既不被管弦,亦何取于声律耶⑦?齐有王元长者,尝谓余云:"宫商与二仪俱生⑧,自古词人不知之。唯颜宪子乃云律吕音调⑨,而其实大谬⑩;唯见范晔、谢庄,颇识之耳⑪。尝欲进《知音论》,未就。"

注释

①古曰诗颂两句:谓古之诗皆入乐歌唱,故须调五音、辨四声也。诗颂,《礼记·乐记》云:"弦歌诗颂,此之谓德音。"孔颖达《疏》:"弦歌诗颂者,谓以琴瑟之弦,歌此诗颂也。"颂,诗之一体。金竹,《礼记·乐记》:"金石丝竹,乐之器也。"以乐器多为金竹之属故也。被,加。

②非调五音,无以谐会:不以商、宫、角、徵、羽五音相调配,则难以和谐组曲也。谐会,和谐。

③置酒高堂上:阮瑀《杂诗》中句。

④明月照高楼:曹植《七哀诗》中句。

⑤故三祖之词四句:谓三祖之诗作,依世俗之声律要求,亦不得谓工,然亦可入乐歌唱,已属重音韵矣。三祖,指魏太祖曹操、魏高祖曹丕、魏烈祖曹叡。不工,指不精雕细刻,不拘泥四声八病。韵入歌唱,其诗歌能入乐。

⑥世之言宫商:指沈约等倡言四声八病者。

⑦今既不被管弦两句:谓今之诗歌已不入乐,则于声律何取?

管弦,指乐器,多为丝竹之属,故曰管弦。声律,声调和音律。

⑧二仪:《周易·系辞·传》:"是故易有太极,是生两仪。"两仪即二仪,谓天地也。

⑨律吕音调:古代正乐律之器。分阴阳各六,阳六为律,阴六为吕。六律是:黄钟、太簇、姑洗、蕤宾、夷则、无射。六吕是:大吕、夹钟、仲吕、林钟、南吕、应钟。合称十二律,或律吕。

⑩大谬(miù):大错。

⑪唯见句:言范晔、谢庄颇识音律。《宋书·范晔传》:"性别宫商,识清浊,斯自然也。观古今文人,多不全了此处。纵有会此者,不必从根本中来。言之皆有实证,非为空谈。年少中,谢庄最有其分。"范晔,南朝宋史学家、诗人,著有《后汉书》。谢庄,南朝宋文学家、诗人。此二人《诗品》均列为下品。

译文

不妨试着谈谈:古人说"弦歌诗颂",诗都入乐歌唱,所以不调五音就无法和谐悦耳。像"置酒高堂上""明月照高楼"这样的诗句,都是讲究声韵的典范了。曹操、曹丕、曹叡的诗篇,字句或许不如当代人要求的那样工整切律,却照样可以入乐吟唱,这已经是注重声韵的意思了,只是与目前社会上讲的四声八病是两回事。现代的诗歌已经不再配乐歌唱,又何必还要斤斤计较于声律呢?齐代的王融曾经对我说:"宫、商、角、徵、羽五音,与天地并生,古来诗人都不知道。只有颜延之才谈过声律音韵,其实他也谈得错误百出。只有范晔、谢庄,才懂得一些。曾经打算撰写《知音论》,但未实现。"

原文

王元长创其首,谢朓、沈约扬其波①。三贤或贵公子孙,幼有文辩②。于是士流景慕③,务为精密,襞积细微,专相凌架④。故使文多拘忌,伤其真美⑤。余谓文制⑥,本须讽读,不可蹇碍⑦,但令清浊通流,口吻调利,斯为足矣。至平上去入,则余病未能,蜂腰鹤膝,闾里已具⑧。

注释

①王元长创其首两句:谓王融创四声八病之说,谢朓、沈约推波助澜。《南史·陆厥传》云:"时(永明末)盛为文章。吴兴沈约、陈郡谢朓、琅琊王融,以气类相推毂。汝南周颙,善识声韵。约等文皆用宫商,将平上去入为四声,以此制韵。"沈约,字休文,南朝梁诗人,"永明体"之领袖人物,《诗品》列为中品。扬其波,屈原《九歌·少司命》:"与女游兮九河,冲风至兮水扬波。"扬波言波涛翻滚。此谓谢朓、沈约推

波助澜,声势益壮。

②三贤或贵公子孙两句:三贤,指王融、谢朓、沈约。贵公子孙,王公贵族之子弟辈,为当代趋时骛新之后进士子。文辩,文章和辩才。《南齐书·王融传》:"融少而神明警惠,博涉有文才。……上以融才辩。"《南齐书·谢朓传》:"朓少好学,有美名,文章清丽。"《梁书·沈约传》:"聪明过人,好坟籍,聚书至二万卷,京师莫比。"

③景羡:景仰羡慕。

④务为精密三句:务,专力致之。精密,为诗严于声律。襞(bì)积细微:衣裙上之褶裥甚为细致绵密。以喻声律烦琐。凌架,超越而上。

⑤文多拘忌,伤其真美:谓讲究声病之弊,使诗歌拘束做作,丧缺自然之美。拘忌,拘束、限制。

⑥文制:文章。此指诗歌。

⑦蹇(jiǎn)碍:滞顿、阻塞。

⑧平上去入四句:四句辟沈约声律之说也。《诗品》卷中评沈约云:"见重闾里。"蜂腰鹤膝,诗歌声病二种。沈约论诗歌声病有八:一曰平头,二曰上尾,三曰蜂腰,四曰鹤膝,五曰大韵,六曰小韵,七曰旁纽,八曰正纽。五言诗一句之中,第二字不得与第五字同声,言两头粗中央细,是为蜂腰。五言诗第五字不得与第十五字同声,言两头细中央粗,是谓

鹤膝。

译文 王融首创其事，谢朓、沈约推波助澜，王、谢、沈三位贤达和其他贵族子弟，从小有文章、辩才之名，于是文人学士之辈追慕景仰，诗律越来越绵密烦琐，犹如褶裥重叠，竞相争胜。使诗歌禁忌甚多，伤害了诗歌的自然之美。我认为，诗歌之作，原本是为了吟诵的，不可弄得诘屈聱牙，只须轻重流畅，出口爽利，就应满足了。至于平上去入，我自愧不懂，蜂腰鹤膝，早已见诸民歌俚谣了。

原文 陈思赠弟①，仲宣《七哀》②，公干思友③，阮籍《咏怀》④，子卿双凫⑤，叔夜双鸾⑥，茂先寒夕⑦，平叔《衣单》⑧，安仁倦暑⑨，景阳苦雨⑩，灵运《邺中》⑪，士衡《拟古》⑫，越石感乱⑬，景纯咏仙⑭，王微风月⑮，谢客山泉⑯，叔源离宴⑰，鲍照戍边⑱，太冲《咏史》⑲，颜延入洛⑳，陶公《咏贫》之制㉑，惠连《捣衣》之作㉒。斯皆五言之警策者也。所以谓篇章之珠泽，文彩之邓林㉓。

注释 ①陈思赠弟：指曹植《赠白马王彪》诗。

②仲宣《七哀》：指王粲《七哀诗》。

③公干思友：指刘桢《赠徐干》诗。中有"思子沉心曲，长叹不能言"之句。

④阮籍《咏怀》：阮籍有《咏怀八十二首》。

⑤子卿双凫（fú）：苏武，字子卿。《古文苑》载苏武《别李陵诗》云："双凫俱北飞，一凫独南翔。"达按，钱钟书《管锥编》第1445～1446页曰："顾'网罗今古''才子'，仅著李陵而不及苏武，已甚可异，或犹有说；复标举'五言之警策'，才得二十二人，苏武却赫然与数，'子卿双凫'亦被目为'篇章之珠泽，文采之邓林'。不啻举子下第，榜上无名，而其落卷竟被主试选入本科闱墨也！此则余所大不解，恐嵘亦无以自解；'准的无依'，真堪以其语还评矣。"可供参阅。

⑥叔夜双鸾：嵇康，字叔夜。其《赠秀才入军》一诗中有"双鸾匿景曜"之句。

⑦茂先寒夕：张华，字茂先。其《杂诗》中有"繁霜降当夕"之句。

⑧平叔《衣单》：何晏，字平叔。《衣单》诗已佚。

⑨安仁倦暑：潘岳，字安仁。其《在怀县作诗二首》中有句云"初伏启新节，隆暑方赫羲""我来冰未泮，时暑忽隆炽"等句。

⑩景阳苦雨：张协，字景阳。其《杂诗》中有"飞雨洒朝

兰""密雨如散丝"等句。现存张协《杂诗》十首,其中五首写雨。

⑪灵运《邺中》:谢灵运有《拟魏太子邺中集诗八首》。

⑫士衡《拟古》:陆机有《拟古诗》十二首。

⑬越石感乱:刘琨《扶风歌》《重赠卢谌》等诗,皆感乱之作。感乱,有感于时乱。

⑭景纯咏仙:郭璞有《游仙诗十四首》。

⑮王微风月:王微风月诗已佚。

⑯谢客山泉:指谢灵运山水诗。

⑰叔源离宴:谢混有《送二王在领军府集诗》,结句云:"乐酒辍今辰,离端起来日。"

⑱鲍照戍边:鲍照《代出自蓟北门行》为咏戍边之作。

⑲太冲《咏史》:左思有《咏史八首》。

⑳颜延入洛:颜延之有《北使洛》诗。

㉑陶公《咏贫》之制:陶渊明有《咏贫士七首》。

㉒惠连《捣衣》之作:谢惠连有《捣衣》诗。

㉓篇章之珠泽两句:上述者为五言中之佳作也。珠泽,《穆天子传》:"天子北征,舍于珠泽。"原注:"此泽出珠,因名之云。"邓林,《山海经·海外北经》:"夸父与日逐走,入日,……弃其杖,化为邓林。"邓林,即桃林。

译文 曹植的《赠白马王彪》诗,王粲的《七哀诗》,刘桢的"思友"之作,阮籍的《咏怀八十二首》,苏武的《别李陵诗》,嵇康的《赠秀才入军》诗,张华的《杂诗》,何晏的《衣单》之咏,潘岳的"倦暑"之叹,张协的"苦雨"诗,谢灵运的《邺中》诗,陆机的《拟古诗》,刘琨的《扶风歌》,郭璞的《游仙诗》,王微的"风月",谢灵运的"山泉",谢混的感伤"离宴",鲍照的慨叹"戍边",左思的《咏史》篇,颜延之的《北使洛》章,渊明的《咏贫士》,谢惠连的《捣衣》诗。这些作品都是五言诗中的佳作,可以称之为诗歌长河中的珠宝,文学领域中的精品。

诗品卷上

古诗

题解

古诗,是南北朝时代的文论家对两汉以来无名氏五言诗的概称。梁刘勰在《文心雕龙·明诗》中说:"古诗佳丽,或称枚叔,其《孤竹》一篇,则傅毅之词。比采而推,两汉之作乎?"钟嵘《诗品序》认为:"古诗眇邈,人世难详。推其文体,固是炎汉之制,非衰周之倡也。"梁萧统编纂《昭明文选》,选定十九首古诗,编为一组,始有《古诗十九首》之名称。陈代徐陵编《玉台新咏》一书,首列《古诗八首》,另有枚乘《杂诗》九首,篇目大同小异,而又互有出入。可以推想,当时流传的古诗为数尚多,各家择其善者编次入书。关于古诗的内容,清沈德潜在《古诗源》中说:"大率逐臣弃妇,朋友阔绝,死生新故之感。或寓言,或显言,反复低回,抑扬不尽,使读者悲感无端,油然善入。"《古诗十九首》无论在思想内容上,还是在艺术成就上,都堪称为古诗的代表作。

原文

其体源出于《国风》①。陆机所拟十四首②。文温以丽,意悲而远③。惊心动魄,可谓几乎一字千金④!其外"去者日以疏"四十五首,虽多哀怨,颇为总杂⑤。旧疑是建安中曹、王所制⑥。"客从远方来""橘柚垂华实",亦为惊绝矣⑦！人代冥灭,而清音独远,悲夫⑧！

注释

①其体源出于《国风》:《诗经》三百,若以体裁分,则可分为风、雅、颂三类。风,即《国风》,共有十五《国风》。《国风》中的绝大多数诗篇来自民间,故其诗自然、朴实,富有情韵。明王世懋《艺圃撷余》称:"十九首,五言之《诗经》也。"明许学夷《诗源辩体》卷三云:"汉魏五言,源于《国风》,而本乎情,故多托物兴寄,体制玲珑,为千古五言之宗。"又曰:"《古诗十九首》,钟嵘谓'其体源出于《国风》',刘勰谓'宛转附物,怊怅切情',是也。"源,来源、渊源。

②陆机所拟十四首:梁萧统《昭明文选》卷三十,有陆机《拟古诗》十二首。所拟十二首计有:《古诗十九首》中十首,《玉台新咏》署名枚乘作一首,另有《拟"东城一何高"》一首。此外二首无考。明胡应麟《诗薮·内编》卷二说:"拟十九首,自士衡诸作,语已不伦。"达按,所谓"陆机所拟十四首",非指陆机拟作,乃指拟作所依据之原诗十四首。

③文温以丽,意悲而远:谓古诗文词温厚典丽,意蕴悲怆清远。明胡应麟《诗薮·内编》卷二云:"古诗轨辙殊多,大要不过二格:以和平、浑厚、悲怆、婉丽为宗者……有以高

闲、旷逸、清远、玄妙为宗者。"温，温厚。丽，典丽、丽则。汉扬雄《法言·吾子》曰："诗人之赋丽以则，词人之赋丽以淫。"华丽而不失其正谓丽则。意悲而远，胡应麟《诗薮·内编》卷二："诗之难，其十九首乎！畜神奇于温厚，寓感怆于和平；意愈浅愈深，词愈近愈远。"以，连词，而、和。

④一字千金：秦相吕不韦使门客著《吕氏春秋》。书成，公布于咸阳城门，声言有能增删一字者，赏以千金。这里是说古诗凝练浑成，字字珠玑，不可改易一字的意思。

⑤其外三句："去者日以疏"为《古诗十九首》之第十四。"四十五首"未详所指，可能大多已亡佚。其外，除此以外。总杂，庞杂。

⑥旧疑句：前人怀疑建安时曹植、王粲所作。制，制作、作品。

⑦"客从远方来""橘柚垂华实"：均见古诗。惊绝：拍案叫绝之意。

⑧人代冥灭三句：人代冥灭，即钟嵘《诗品序》所谓"古诗眇邈，人世难详"之意。清音独远，即流芳百世之意。此句意谓作品久远，遗响未绝，作者难详，深为憾事。冥，久远、渺茫。灭，绝。清音，清奇之音。悲夫，遗憾、感慨之词。

译文 古诗之体来源于《诗经·国风》。陆机还曾拟作过十四首。文词温厚而流丽,意境悲切而深远。读来令人惊心动魄。真所谓几乎达到一字千金的程度!此外,还有"去者日以疏"等四十五首,虽然也很哀怨动人,而内容不免庞杂,从前人怀疑它是建安时代的曹植、王粲所作。其中"客从远方来""橘柚垂华实"两首,也令人拍案叫绝!何人何时所作,已无从考查,而能遗响不绝,可叹啊!

附录　古诗十九首(选四首)

行行重行行,与君生别离。
相去万余里,各在天一涯。
道路阻且长,会面安可知。
胡马依北风,越鸟巢南枝。
相去日已远,衣带日已缓。
浮云蔽白日,游子不顾返。
思君令人老,岁月忽已晚。
弃捐勿复道,努力加餐饭。

青青河畔草,郁郁园中柳。
盈盈楼上女,皎皎当窗牖。

娥娥红粉妆,纤纤出素手。
昔为娼家女,今为荡子妇。
荡子行不归,空床难独守。

生年不满百,常怀千岁忧。
昼短苦夜长,何不秉烛游。
为乐当及时,何能待来兹。
愚者爱惜费,但为后世嗤。
仙人王子乔,难可与等期。

孟冬寒气至,北风何惨栗。
愁多知夜长,仰观众星列。
三五明月满,四五蟾兔缺。
客从远方来,遗我一书札。
上言长相思,下言久离别。
置书怀袖中,三岁字不灭。
一心抱区区,惧君不识察。

汉都尉李陵

题解 李陵，字少卿，汉代名将李广之孙。曾任骑都尉。天汉年间，率领步卒五千人，攻打匈奴，枪尽弹绝而投降匈奴，匈奴封为右校王。相传李陵有《与苏武诗三首》，昭明已录诸《文选》，后人疑其伪。略早于钟嵘的刘勰，在《文心雕龙·明诗》中已说："成帝品录，三百余篇……而辞人遗翰，莫见五言，所以李陵、班婕妤见疑于后代也。"然钟嵘《诗品》仍列为上品。明人许学夷《诗源辩体》卷三第五十一条力为之辩，曰："《左氏传》子长不及见，《汉书》所载而《史记》有弗详者，正以当时书籍未尽出故耳。由是言之，成帝品录而不及苏李，又何疑焉？东坡尝谓'苏李之天成'，是矣。"达按，许氏《诗源辩体》之作，主要是从体裁形式和艺术风格方面论述历代诗歌之发展演变，非有力证而仅从语言文字之风格认定苏李诗之非后人伪作，似难令人信服。

原文 其源出于楚辞①。文多凄怨者之流②。陵，名家子，有殊才③，生命不谐，声颓身丧④。使陵不遭辛苦，其文亦何能至此⑤！

注释

①其源出于楚辞：楚辞，骚体文章之总称。主要指屈原、宋玉、景差等楚人的辞赋；以后，汉人贾谊、东方朔、严忌、王褒、刘向等人之骚体文章亦统称为楚辞。以其有楚地文学样式、方言声韵、风土色彩之故。此谓源出于楚辞者，当指文体类似屈原、宋玉、景差之徒的辞赋文章而言。

②文多凄怨者之流：谓李陵诗的内容多凄婉、悲怆、哀怨一类情调。之流，之属。

③殊才：出众的才华。殊，不同一般。

④生命不谐，声颓身丧：一生命运多舛，乃至身败名裂。不谐，不和谐、不顺当。声颓身丧，指李陵败降匈奴一事。

⑤使陵不遭辛苦二句：使，假使。辛苦，苦难。辛，苦。此两句，以人见诗，以诗见人。亦司马迁"读其书，想见其为人"之意。

译文

李陵的诗歌渊源于楚辞。文章大多属于凄婉、哀伤、忧怨一类风格。李陵，名家子弟，有出众超群的才能，一生命运颇多舛逆，最终身败名裂。倘使李陵不遭受苦难，他的诗歌怎能达到这等高度！

附录　与苏武诗三首　李陵

良时不再至，离别在须臾。
屏营衢路侧，执手野踟蹰。
仰视浮云驰，奄忽互相逾。
风波一失所，各在天一隅。
长当从此别，且复立斯须。
欲因晨风发，送子以贱躯。

嘉会难再遇，三载为千秋。
临河濯长缨，念子怅悠悠。
远望悲风至，对酒不能酬。
行人怀往路，何以慰我愁？
独有盈觞酒，与子结绸缪。

携手上河梁，游子暮何之？
徘徊蹊路侧，恨恨不能辞。
行人难久留，各言长相思。
安知非日月，弦望自有时。
努力崇明德，皓首以为期。

汉婕妤班姬

题解 班姬,西汉成帝妃。成帝初即位,班姬选入后宫,初为少使,后为婕妤。以后,成帝宠幸赵飞燕,班姬遂失宠,作《纨扇诗》以自伤。婕妤,汉女官名,位同上卿。刘勰《文心雕龙·明诗》称:"李陵、班婕妤,见疑于后代。"谓班姬作《纨扇诗》不可信。宋严羽《沧浪诗话·考证》云:"班婕妤《怨歌行》,《文选》直作班姬之名,《乐府》以为颜延年作。"亦疑而不信。《文选》收班姬《怨歌行》一首。《玉台新咏》则题为《怨诗》一首。

原文 其源出于李陵。《团扇》短章①,辞旨清捷②,怨深文绮③,得匹妇之致④。侏儒一节,可以知其工矣⑤!

注释 ①《团扇》短章:《团扇》,即《纨扇诗》,《文选》作《怨歌行》,《玉台新咏》作《怨诗并序》。短章,篇幅短小之作。该诗只十句五十字。

②辞旨清捷:指诗的内容风格清婉轻敏。

③怨深文绮:哀怨深切而文词华美,陈延杰《诗品注》认为:"钟氏此评,虽谓其词旨美而怨,然西汉人作风,恐不如是之

绮也。"达按，此诗恐非西汉之作，已见《题解》，陈延杰亦是此意。

④得匹妇之致：匹妇，指平民妇女。《论语·宪问》："岂若匹夫匹妇之为谅也，自经于沟渎而莫之知也。"致，情致、风致。钟嵘意谓此诗"怨深文绮"，深得普通女人之情致。

⑤侏儒（zhūrú）一节：汉桓谭《新论·道赋》："谚曰：侏儒见一节，而长短可知。"钟嵘引汉谚入文，意谓"窥一斑而见全豹"。工，工整、精工。

译文

班婕妤的诗渊源于李陵，《团扇》小诗一首，内容风格清婉便捷，哀怨甚深而文词华美，深得普通女人的情致。虽窥一斑而全豹可知，她的诗是很精巧工整的。

附录

怨歌行　班姬

新裂齐纨素，皎洁如霜雪。
裁为合欢扇，团团似明月。
出入君怀袖，动摇微风发。
常恐秋节至，凉风夺炎热。
弃捐箧笥中，恩情中道绝。

魏陈思王植

题解

曹植，字子建，曹操第三子，曹丕之弟，少善诗文。汉献帝建安十六年，封为平原侯，太和三年，改封东阿王。六年，加封陈王。死后谥为思。现存诗八十余首，文章辞赋四十余篇，有《曹子建集》。曹植在建安作家中成就极高，影响甚大，深为后人推崇。刘勰《文心雕龙·明诗》说："建安之初，五言腾踊，文帝陈思，纵辔以骋节。"钟嵘《诗品序》说："陈思为建安之杰""文章之圣"。唐释皎然《诗式》称："邺中七子，陈王最高。"实际上，钟嵘论诗，首推陈思，明人胡应麟发挥其说，《诗薮·内编》卷二谓："其才藻宏富，骨气雄高，八斗之称，良非溢美。"实为五言之典范，旁人无与伦比。

原文

其源出于《国风》①。骨气奇高②，词彩华茂③；情兼雅怨④，体被文质⑤，粲溢今古⑥，卓尔不群⑦。嗟乎！陈思之于文章也，譬人伦之有周孔⑧，鳞羽之有龙凤⑨，音乐之有琴笙⑩，女工之有黼黻⑪。俾尔怀铅吮墨者⑫，抱篇章而景慕，映余辉以自烛⑬。故孔氏之门如用诗，则公干升堂，思王入室，景阳、潘、陆，自可坐于廊庑之间矣⑭!

注释

①其源出于《国风》:清何焯《义门读书记》卷四十六论曹植诗:"缱绻,得风人之旨。"此本钟说。明胡应麟《诗薮·内编》卷二曰:"陈王精金粹璧,无施不可。然四言源由《国风》,杂体规模两汉。轨躅具存。"与何说异。又清刘熙载《艺概·诗概》云:"曹子建诗出于骚。"又异于前说。陈延杰《诗品注》执持中之见,谓:"盖子建诗学《国风》,而又以雅与骚化之,故自成家。"

②骨气奇高:黄侃《文心雕龙札记·风骨第二十八》曰:"文之有意,所以宣达思理,纲维全篇,譬之于物,则犹风也。文之有辞,所以摅写中怀,显明条贯,譬之于物,则犹骨也。必知风即文意,骨即文辞,然后不蹈空虚之弊。"此处所言骨气,《诗品序》所谓风力,即风骨之意。骨气奇高,是指文辞、文意皆出类超群。《诗品》论诗,以陈思为宗,旁出二支:刘桢"仗气爱奇,动多振绝……但气过其文,雕润恨少",谓气多于骨;王粲"发愀怆之词,文秀而质羸。在曹、刘间别构一体",谓骨盛于气。证之以《诗薮·内编》卷二:"公干才偏,气过词;仲宣才弱,肉胜骨。应、徐、陈、阮,篇什寥寥,间有存者,不出子建范围之内。"达按,刘桢、王粲,各得其一隅,亦在子建范围之内也。

③词彩华茂:词彩,词藻。华茂,华丽而富艳。《文心雕龙·才略》说曹植:"诗丽而表逸。"

④情兼雅怨:《毛诗序》:"雅者,正也。"又:"至于王道衰,礼义废,政教失,国异政,家殊俗,而变风、变雅作矣。"又:"变风发乎情,止乎礼义。"《论语·阳货》:"(诗)可以怨。"变风、变雅已含怨刺之情,然仍不失其为正。情兼雅怨,是说曹植诗中的感情,兼有雅正和正当的怨刺之情。

⑤体被文质:《论语·雍也》:"质胜文则野,文胜质则史。文质彬彬,然后君子。"《宋书·谢灵运传论》:"三祖陈王,咸蓄盛藻。甫乃以情纬文,以文被质。"文,指语言文采;质,指思想内容。被,加。达按,影宋本《太平御览·文部二》"被"作"备"。

⑥粲溢今古:粲,光芒四射。说曹植诗光彩夺目,彪炳古今。

⑦卓尔不群:卓尔,卓然、突出的样子。不群,不一般、超群。

⑧人伦之有周孔:人伦,人类。周孔,指周公和孔子,皆古之圣人。

⑨鳞羽之有龙凤:鳞甲类动物中的龙,羽毛类动物中的凤。龙和凤都是传说中的神奇吉祥之物。

⑩音乐之有琴笙:《诗经·小雅·鹿鸣》:"我有嘉宾,鼓瑟吹笙。""我有嘉宾,鼓瑟鼓琴。"琴和笙都是古代宴礼所用之

乐器。

⑪女工之有黼黻（fǔfú）：女工，是指女子擅长的工作，泛指纺织、刺绣、缝纫之类。黼黻，古代礼服上绘绣的花纹。从"人伦之有周孔"至此，极言曹植诗之完美。

⑫俾（bǐ）尔怀铅吮墨者：俾，使。尔，你、你们。怀铅吮墨者，指提笔写作者。铅，石墨笔，书写工具。怀铅，握笔。吮墨，以口吮墨，亦书写之意。

⑬抱篇章而景慕二句：景慕，见前《诗品序》注。余辉，指"粲溢今古"的曹植诗章发出的光辉。自烛，照亮自己、把自己照亮。

⑭故孔氏之门如用诗五句：《论语·先进》："子曰：由也升堂矣，未入于室也。"《汉书·艺文志·诗赋略》："如孔氏之门人用赋也，则贾谊登堂，相如入室矣，如其不用何？"语本此。升堂，即登堂。登堂入室，以喻造诣之浅深。意谓在诗歌成就上，曹植为最，刘桢次之，张华、潘岳、陆机又次之。廊庑（wǔ），走廊。达按，"景阳、潘、陆"，《太平御览》作"王、阳、潘、陆"。

译文

曹植的诗渊源于《诗经·国风》。文意、文辞奇绝高超，词藻堂皇富丽；情感兼有雅正、怨诽，而又不过激；在内容和形式上，文质彬彬，协调谐和。诗歌光芒四射,映及古今,独立超群。啊!曹植之于诗坛,真好像人类中的周公、孔子,动物中的龙凤,音乐中的琴笙,女工中的精美刺绣。使你们这些作家诗人,手捧他的作品而景仰钦慕,用他的不朽之作的光辉照亮自己。所以说,如果孔子的门人用诗歌来衡量高下的话,那么,刘桢甚好,曹植最佳,张华、潘岳、陆机又要次一等了。

附录　七哀诗　曹植

明月照高楼,流光正徘徊。
上有愁思妇,悲叹有余哀。
借问叹者谁?言是客子妻。
君行逾十年,孤妾常独栖。
君若清路尘,妾若浊水泥。
浮沉各异势,会合何时谐?
愿为西南风,长逝入君怀。
君怀良不开,贱妾当何依?

送应氏诗二首　曹植

步登北芒阪，遥望洛阳山。
洛阳何寂寞，宫室尽烧焚。
垣墙皆顿擗，荆棘上参天。
不见旧耆老，但睹新少年。
侧足无行径，荒畴不复田。
游子久不归，不识陌与阡。
中野何萧条，千里无人烟。
念我平常居，气结不能言。

清时难屡得，嘉会不可常。
天地无终极，人命若朝霜。
愿得展嬿婉，我友之朔方。
亲昵并集送，置酒此河阳。
中馈岂独薄，宾饮不尽觞。
爱至望苦深，岂不愧中肠。
山川阻且远，别促会日长。
愿为比翼鸟，施翮起高翔。

赠王粲　曹植

端坐苦愁思，揽衣起西游。
树木发春华，清池激长流。
中有孤鸳鸯，哀鸣求匹俦。
我愿执此鸟，惜哉无轻舟。
欲归忘故道，顾望但怀愁。
悲风鸣我侧，羲和逝不留。
重阴润万物，何惧泽不周。
谁令君多念，自使怀百忧。

魏文学刘桢

题解

刘桢，汉末东平人，字公干。与王粲、陈琳、徐干、阮瑀、应玚、孔融相友善，号称"建安七子"。桢曾为司空军谋祭酒掾属、五官中郎将文学。所作五言诗，当时甚有名望，有集四卷，今已失传。明人张溥《汉魏六朝百三家集》辑有《刘公干集》。曹丕《与吴质书》称："公干有逸气，但未遒耳。其五言诗之善者，妙绝时人。"曹植《与杨德祖书》曰："公干振藻于海隅。"钟嵘以为："陈思已下，桢称独步。"而刘勰《文心雕龙·明诗》则认为："四言正体，则雅润为本；五言流调，则清丽居宗……兼善则子建、仲宣，偏美则太冲、公干。"明许学夷《诗源辩体》卷四曰："公干、仲宣，一时未易优劣。钟嵘以公干为胜，刘勰以仲宣为优。予尝为二家品评，公干气胜于才，仲宣才优于气。"许说虽近持中之论，实以钟说为是。后世文论家往往曹刘并举，唐元稹《唐故工部员外郎杜君墓志铭并序》："气夺曹、刘。"胡应麟《诗薮·内编》卷二："建安首称曹、刘。"金元好问《论诗绝句三十首》之二："曹刘坐啸虎生风，四海无人角两雄。"又《自题〈中州集〉后》："邺下曹刘气尽豪。"可见刘桢在诗坛上的地位。

原文 其源出于古诗。仗气爱奇①，动多振绝②。真骨凌霜③，高风跨俗④。但气过其文，雕润恨少⑤。然自陈思已下⑥，桢称独步。

注释 ①仗气爱奇：南朝宋谢灵运《拟魏太子邺中集诗》小序："刘桢卓荦偏人，而文最有气，所得颇经奇。"清刘熙载《艺概·诗概》曰："公干气胜，仲宣情胜，皆有陈思之一体。"仗，依仗。气，指文章气势。奇，突出。

②动多振绝：动，犹言动辄。振绝，惊世骇俗。

③真骨凌霜：真骨，指真挚的精神品格。凌霜，即傲霜斗雪的意思。凌，侵凌、欺侮、压倒。此以人品、诗品言之，是说刘桢诗风真挚直率，品格高洁。

④高风跨俗：以高洁的诗风超出流俗。

⑤气过其文两句：气有余而文采不足。钟嵘评曹植谓"骨气奇高，词采华茂"。刘桢得其气骨，而少其词采。雕润恨少：雕润，雕刻润色。恨，遗憾。少，不足。

⑥陈思已下：即陈思以下。"已"通"以"。《汉书·文帝纪》："年八十已上，赐米人月一石，肉二十斤，酒五斗。"

译文 刘桢的诗渊源于古诗。他依仗特有的气势和不同凡响的词句，使诗歌惊世骇俗，以其真实的精神品格傲霜斗雪，以其高洁的诗风超越凡俗。然而，他的诗未免气势多于文采，必要的润色也太少了。尽管这样，除曹植以外，诗坛上再无敌手了。

附录　赠从弟三首　刘桢

泛泛东流水，磷磷水中石。
蘋藻生其涯，华叶纷扰溺。
采之荐宗庙，可以羞嘉客。
岂无园中葵，懿此出深泽。

亭亭山上松，瑟瑟谷中风。
风声一何盛？松枝一何劲？
冰霜正惨凄，终岁常端正。
岂不罹凝寒，松柏有本性。

凤凰集南岳，徘徊孤竹根。
于心有不厌，奋翅凌紫氛。
岂不常勤苦，羞与黄雀群。
何时当来仪，将须圣明君。

魏侍中王粲

题解 王粲,字仲宣,三国魏山阳高平人。博学多识,文思敏捷。汉献帝西迁,王粲依附荆州刘表。表卒,归曹操,任丞相掾,后官至侍中。建安二十二年,从征吴,途中病卒。粲为"建安七子"之一,著有诗赋论议六十篇。明张溥《汉魏六朝百三家集》有《王侍中集》一卷。曹丕《与吴质书》说:"仲宣独自善于辞赋,惜其体弱,不足起其文,至于所善,古人无以远过。"曹植《与杨德祖书》说:"仲宣独步于汉南。"刘勰《文心雕龙·才略》云:"仲宣溢才,捷而能密,文多兼善,辞少瑕累,摘其诗赋,则七子之冠冕乎!"达按,陈思以下,公干以气胜,仲宣以情胜,诗歌独标一格。

原文 其源出于李陵①。发愀怆之词②,文秀而质羸③。在曹、刘间别构一体④。方陈思不足,比魏文有余⑤。

注释 ①其源出于李陵:清刘熙载《艺概·诗概》以为:"王仲宣诗出于骚。"钟嵘认为,李陵出于楚辞。达按,《诗品》评李陵曰:"其源出于楚辞。"其源一也。

②发愀怆之词:发忧伤之词。谢灵运《拟魏太子邺中集诗》

小序云："家本秦川贵公子孙，遭乱流寓，自伤情多。"

③文秀而质羸（léi）：质羸，即曹丕所谓"惜其体弱，不足起其文"的意思。是说文章气势不足。羸，弱。

④在曹、刘间别构一体：钟嵘评曹植云："骨气奇高，词彩华茂；情兼雅怨，体被文质，粲溢今古。"骨、气、词、情，四者兼备。评刘桢谓："气过其文，雕润恨少。"则得其气骨而遗其词情。评王粲则曰："文秀而质羸。"则得其词情而独少气骨。所以说王粲"在曹、刘间别构一体"。

⑤方陈思不足二句：比诸曹植则稍差，但又在曹丕之上。方，比。

译文

王粲的诗渊源于李陵。善写凄怆忧伤的诗作，诗风娟秀而骨力稍弱。在曹植与刘桢之间别具一格。与曹植相比，在其下；与曹丕相较，则在其上。

附录　七哀诗二首　王粲

西京乱无象，豺虎方遘患。
复弃中国去，远身适荆蛮。
亲戚对我悲，朋友相追攀。
出门无所见，白骨蔽平原。

路有饥妇人,抱子弃草间。
顾闻号泣声,挥涕独不还。
未知身死处,何能两相完?
驱马弃之去,不忍听此言。
南登霸陵岸,回首望长安。
悟彼下泉人,喟然伤心肝。

荆蛮非我乡,何为久滞淫?
方舟溯大江,日暮愁我心。
山冈有余映,岩阿增重阴。
狐狸驰赴穴,飞鸟翔故林。
流波激清响,猴猿临岸吟。
迅风拂裳袂,白露沾衣衿。
独夜不能寐,摄衣起抚琴。
丝桐感人情,为我发悲音。
羁旅无终极,忧思壮难任。

晋步兵阮籍

题解 阮籍,字嗣宗,三国魏尉氏人,"建安七子"之一,阮瑀之子。曾为步兵校尉,世称阮步兵。能长啸,善弹琴。博览群书,尤好老庄。或闭门读书,累月不出;或登山临水,经日忘归。阮籍生活于魏晋易代之际,屈伸两难,故纵酒谈玄,佯狂避祸,不议时政,不臧否人物,善为"青白眼",以求自全。与嵇康、山涛、向秀、阮咸、王戎、刘伶相友善,世称"竹林七贤"。有《咏怀》诗八十余首,另有论、传若干篇,明人张溥辑有《阮步兵集》。刘勰《文心雕龙·才略》评阮籍"使气以命诗"又说:"嗣宗倜傥,故响逸而调远。"《文选》李善注引颜延年曰:"阮公身事乱朝,常恐遇祸,因兹发咏,故每有忧生之嗟。虽事在刺讥,而文多隐避。百世而下,难以情测也。"明许学夷《诗源辩体》卷四亦云:"托旨太深,观者不能尽通其意,钟嵘谓其'言在耳目之内,情寄八荒之表',是也。"

原文 其源出于《小雅》①。无雕虫之功②。而《咏怀》之作③,可以陶性灵,发幽思④。言在耳目之内,情寄八荒之表⑤。洋洋乎会于风雅⑥,使人忘其鄙近,自致远大⑦，颇多感慨之词。厥旨渊放，归趣难求⑧。颜延年注解，怯言其志⑨。

注释 ①其源出于《小雅》：清何焯《义门读书记》卷四十六谓，阮嗣宗《咏怀》诗"其源本诸《离骚》"。刘熙载《艺概·诗概》云："阮步兵出于庄。"其说不一。陈延杰《诗品注》曰："大概阮诗源于《小雅》，而又以楚辞、庄、列化之，故自成家也。"

②无雕虫之功：没有在字句上精雕细刻的工巧。雕虫，汉扬雄《法言·吾子》："或问：'吾子少而好赋？'曰：'然，童子雕虫篆刻。'俄而曰：'壮夫不为也。'"达按，雕虫、篆刻本为秦人书法八体中之二体，用以喻辞赋之纤巧难工。后世借以指作辞赋时的雕章琢句，仅为小技末道，故曰"壮夫不为"。

③《咏怀》之作：阮籍有《咏怀》诗八十二首。宋严羽《沧浪诗话·诗评十二》曰："黄初之后，唯阮籍《咏怀》之作，极为高古，有建安风骨。"

④陶性灵，发幽思：陶冶性情，启发深微情思。

⑤言在耳目之内两句：此即语近情遥之谓，或谓言有尽而意无穷。耳目之内，言其近。八荒之表，指其远。八荒，八方荒远之地。表，外。

⑥洋洋乎会于风雅：气势之宏大，大有《国风》和《大雅》《小

雅》之风致。洋洋乎,《庄子·天地》曰:"夫道,覆载万物者也,洋洋乎大哉!"会,合。

⑦使人忘其鄙近,自致远大:使读者忘却自己的渺小鄙俗,胸襟自然开阔远大。鄙近,指胸襟狭窄,目光短浅。正与远大相反。致,达到。达按,萧统《陶渊明集序》评陶诗曰:"尝谓有能读渊明之文者,驰竞之情遣,鄙吝之意祛;贪夫可以廉,懦夫可以立,岂止仁义可蹈,亦乃爵禄可辞!"用诗歌产生的社会效果来评价诗歌,当时颇盛行。《诗品》评曹植:"俾尔怀铅吮墨者,抱篇章而景慕,映余辉以自烛。"评张协曰:"词彩葱蒨,音韵铿锵,使人味之,亹亹不倦。"皆类此。

⑧厥旨渊放,归趣难求:指阮籍《咏怀》诗含义深远高放,主题难以捉摸。清刘熙载《艺概·诗概》云:"阮嗣宗《咏怀》,其旨固为渊远,其属辞之妙,去来无端,不可踪迹。"明张溥《汉魏六朝百三家集·阮步兵集题辞》云:"《咏怀》诸篇,文隐指远,定哀之间多微辞,盖指此也。"清何焯《义门读书记》卷四十六云:"《咏怀》之作,其归在于魏、晋易代之事。而其词旨亦复难以直寻。"上述诸家之说,其义一也。厥,其,指阮诗。渊放,深远放达。归趣,宗旨、主题。

⑨颜延年注解,怯言其志:梁昭明太子萧统编《文选》卷二十三选录阮籍《咏怀》诗十七首,下题"颜延年、沈约等注"。其《题解》云:"五言,颜延年曰:说者阮籍,在晋文

代,常虑祸患。故发此咏耳。"又《咏怀》第一首末,注云:"嗣宗身仕乱朝,常恐罹谤遇祸,因兹发咏,故每有忧生之嗟。虽志在刺讥,而文多隐避。百代之下,难以情测。故粗明大意,略其幽旨也。"颜云"粗明大意,略其幽志",即钟嵘所谓"颜延年注解,怯言其志"。清何焯《义门读书记》卷四十六:"按,籍岂徒虑患也哉?延年逊词以谢逆劲,宜其不足知此。"可见颜延年"怯言其志",亦自有其苦衷。怯,胆小、害怕。志,思想。达按,阮籍身处魏晋易代之际,常恐祸及己身,故文多讥刺而语常隐晦。颜延年遭遇与阮籍有类似处,明张溥《汉魏六朝百三家集·颜光禄集题辞》云:"玩世如阮籍,善对如乐广,其得功名耆寿,或非无故也。"所谓"怯言其志"者,亦同病相怜者也。

译文

阮籍的诗渊源于《诗经·小雅》。不注重雕章琢句的工巧。《咏怀》诗可以陶冶读者的情操,启发读者幽深的情思。言近而意远,其气魄之宏大相当于《诗经》中的风雅。能使人忘却胸中的龌龊和鄙吝,达到襟怀开阔、目光远大的境界。他的诗有不少慷慨感叹的词句。诗境高远放达,旨趣难以捉摸。当年颜延年给他作注解,害怕点明他的作诗意图。

附录　咏怀（选三首）　阮籍

夜中不能寐，起坐弹鸣琴。
薄帷鉴明月，清风吹我衿。
孤鸿号外野，朔鸟鸣北林。
徘徊将何见？忧思独伤心。

天马出西北，由来从东道。
春秋非有托，富贵焉常保？
清露被皋兰，凝霜沾野草。
朝为媚少年，夕暮成丑老。
自非王子晋，谁能常美好？

昔年十四五，志尚好书诗。
被褐怀珠玉，颜闵相与期。
开轩临四野，登高望所思。
丘墓蔽山冈，万代同一时。
千秋万岁后，荣名安所之？
乃悟羡门子，噭噭今自蚩。

晋平原相陆机

题解 陆机,字士衡,西晋吴郡人。祖陆逊、父陆抗,为吴将相。司马氏灭吴,机闭门读书十年。大康末年,与弟陆云入洛阳,以文才名重一时。张华素重其名,叹为大才。后又为成都王司马颖表为平原内史,世称陆平原。后司马颖讨伐长沙王司马乂,任机为大将军,战败。为颖所杀。陆机诗文词藻宏丽,讲求排偶,开六朝文风之先。现存诗一百零四首,有《陆士衡集》。刘勰《文心雕龙·才略》说:"陆机才欲窥深,词务索广,故思能入巧,而不制繁。"《诗品》列为上品。宋严羽《沧浪诗话·诗评十二》谓:"晋人舍陶渊明、阮嗣宗外,唯左太冲高出一时,陆士衡独在诸公之下。"前人于陆机褒贬不一,亦为见仁见智之说。明胡应麟《诗薮·外编》卷二云:"钟记室以士衡为晋代之英,严沧浪以士衡独在诸公之下,二语虽各举所知,咸自有谓。学者精心体味,两得其说乃佳。"明许学夷《诗源辩体》卷五第十条可谓探骊得珠,曰:"陆士衡五言,体虽渐入俳偶,语虽渐入雕刻,其古体犹有存者。"盖记室、沧浪各得一斑,未窥全豹故也。

原文 其源出于陈思①。才高辞赡②,举体华美③。气少于公干，文劣于仲宣④。尚规矩⑤，不贵绮错⑥，有伤直致之奇⑦。然其咀嚼英华⑧，厌饫膏泽⑨，文章之渊泉也⑩。张公叹其大才⑪，信矣！

注释

①其源出于陈思：明许学夷《诗源辩体》卷五第八条谓："士衡乐府五言，体制声调与子建相类。"清何焯《义门读书记》卷四十七云："陆士衡乐府数诗，沉着痛快，可以直追曹、王。"此皆本钟说。

②才高辞赡：才气高妙，文辞富赡。赡，富裕。

③举体华美：通体华美。

④气少于公干，文劣于仲宣：气骨比刘桢少，文采比王粲差。按，《诗品》论诗，以曹植为典范，刘桢、王粲各得其一翼。陆机虽两者兼备，但较之曹植，又逊一格。

⑤尚规矩：注意诗歌的格律规矩。陈祚明《采菽堂古诗评选》曰："士衡诗，束身奉古，亦步亦趋，在法必安。"

⑥不贵绮错：在诗歌的表现手法上，不讲究纵横交错的铺陈。绮错，纵横交错。

⑦有伤直致之奇：有妨于直率表达的好处。伤，妨害、碍。直致，直截了当地表达情致。唐殷璠《河岳英灵集序》："至如曹、刘，诗多直致，语少切对。"奇，卓颖、美好。

⑧咀嚼（jué）英华：玩味赞赏华词丽句。

⑨厌饫（yànyù）膏泽：饱蕴文采。厌，即餍。饫，饱。膏泽，本指膏雨、甘雨。这里指富于词藻。

⑩文章之渊泉：陆机"咀嚼英华，厌饫膏泽，文章之渊泉"，开启一代诗风，后人若颜光禄辈承其先声。清何焯《义门读书记》卷四十六云：陆机《答贾长渊》"铺陈整赡，实开颜光禄之先。钟嵘品第颜诗，以为其源出于陆机，是也。然士衡较为道秀。"达按，钟嵘《诗品》卷中评颜延之谓："其源出于陆机。"渊泉，源泉。

⑪张公叹其大才：南朝宋刘义庆《世说新语·文学》梁刘孝标注引《文章传》曰："机善属文，司空张华见其文章，篇篇称善，犹讥其作文大治，谓曰：'人之作文，患于不才，至子为文，乃患太多也。'"达按，《晋书·陆机传》作："人之为文，常恨才少，而子更患其多。"张公，指张华。

译文　陆机的诗渊源于曹植。才气高妙，辞藻宏富，通体华丽秀美。文章气骨少于刘桢，文采逊于王粲。作诗崇尚格律，不看重纵横铺陈，以免有妨于直率表达情致之妙。但他在赞赏华词丽句，重彩描绘方面，成了开创一代诗风的渊薮。司空张华曾赞叹他有大才。的确如此！

附录

赴洛道中作二首　陆机

总辔登长路，呜咽辞密亲。
借问子何之？世网婴我身。
永叹遵北渚，遗思结南津。
行行遂已远，野途旷无人。
山泽纷纡余，林薄杳阡眠。
虎啸深谷底，鸡鸣高树巅。
哀风中夜流，孤兽更我前。
悲情触物感，沈思郁缠绵。
伫立望故乡，顾影凄自怜。

远游越山川，山川修且广。
振策陟崇丘，案辔遵平莽。
夕息抱影寐，朝徂衔思往。
顿辔倚嵩岩，侧听悲风响。
清露坠素辉，明月一何朗。
抚几不能寐，振衣独长想。

长歌行　陆机

逝矣经天日，悲哉带地川。
寸阴无停晷，尺波岂徒旋？
年往迅劲矢，时来亮急弦。
远期鲜克及，盈数固希全。
容华夙夜零，体泽坐自捐。
兹物苟难停，吾寿安得延。
俛仰逝将过，倏忽几何间？
慷慨亦焉诉，天道良自然。
但恨功名薄，竹帛无所宣。
迨及岁未暮，长歌承我闲。

晋黄门郎潘岳

题解 潘岳，字安仁，晋荥阳中牟人。仕河阳、怀县二令，累官至给事黄门侍郎，人称潘黄门。潘岳与石崇等参与贾谧之乱，被处以族诛。潘岳工诗赋，词藻华丽，长于哀诔之体。《悼亡诗》三首最为著名。明张溥辑有《潘黄门集》。明胡应麟《诗薮·外编》卷二以为："潘、陆俱词胜者也。陆之才富，而潘气稍雄也。"达按，五言诗自陈思以下，刘、王比肩；有晋词章，当以潘、陆联袂。

原文 其源出于仲宣①。《翰林》叹其翩翩然如翔禽之有羽毛，衣服之有绡縠②。犹浅于陆机③。谢混云："潘诗烂若舒锦，无处不佳；陆文如披沙简金，往往见宝④。"嵘谓益寿轻华⑤，故以潘为胜；《翰林》笃论⑥，故叹陆为深。余常言："陆才如海，潘才如江⑦。"

注释 ①其源出于仲宣：《宋书·谢灵运传论》："潘、陆特秀，体变曹、王。"可见潘岳诗祖于王粲，乃当时人之通论。
②《翰林》叹其翩翩（piān）然二句：晋李充著《翰林论》五十四卷，全书已亡佚。唐徐坚等撰《初学记》引《翰林论》

曰："潘安仁之为文也，犹翔禽之羽毛，衣被之绡縠。"翩翩然，鸟飞轻疾的样子。《诗经·小雅·四牡》："翩翩者鵻，载飞载下。"羽毛，本指鸟兽之皮毛，因羽毛有文采，后因喻人之仪表、诗词之文采。这里是喻章的词藻美丽。绡縠（xiāo hú），绢绸之纹彩。这里是指丝绸织成有文采的衣服。亦喻文词之华美。

③犹浅于陆机：南朝宋刘义庆《世说新语·文学》梁刘孝标注引孙兴公语："潘文浅而净；陆文深而芜。"

④谢混云五句：语见刘义庆《世说新语·文学》梁刘孝标注引孙兴公语。烂，灿烂、斑斓。舒，展。披，分开、披露。简，检、查。

⑤益寿轻华：谢混诗浮华绮。达按，《诗品》卷下评殷仲文有云："谢益寿、殷仲文为华绮之冠。"

⑥《翰林》笃论：李充《翰林论》中肯之论。

⑦陆才如海，潘才如江：《晋书·潘岳传》史臣曰："机文喻海，韫蓬山而育芜；岳藻如江，濯美锦而增绚。"

译文　潘岳的诗渊源于王粲。李充《翰林论》赞叹他的诗风致俨然，像飞禽有着美丽羽毛，衣服织有锦绣花纹。但还是比陆机浅薄。谢混说："潘岳的诗色彩斑斓好像铺锦列绣，处处都美；陆机的文章像披沙拣金，常常见宝。"我认为谢混自己极重华采,所以认为潘胜于陆;李充评论中肯,所以赞叹陆深于潘。我常常说:"陆机之才如大海,潘岳之才似长江。"

附录

悼亡诗（选二首） 潘岳

荏苒冬春谢,寒暑忽流易。
之子归穷泉,重壤永幽隔。
私怀谁克从,淹留亦何益？
僶俛恭朝命,回心反初役。
望庐思其人,入室想所历。
帏屏无仿佛,翰墨有余迹。
流芳未及歇,遗挂犹在壁。
怅恍如或存,周遑忡惊惕。
如彼翰林鸟,双栖一朝只。
如彼游川鱼,比目中路析。
春风缘隙来,晨霤承檐滴。
寝息何时忘,沉忧日盈积。
庶几有时衰,庄缶犹可击。

皎皎窗中月,照我室南端。

清商应秋至,溽暑随节阑。
凛凛凉风升,始觉夏衾单。
岂曰无重纩,谁与同岁寒?
岁寒无与同,朗月何胧胧。
展转眄枕席,长簟竟床空。
床空委清尘,空虚来悲风。
独无李氏灵,仿佛睹尔容。
抚衿长叹息,不觉涕沾胸。
沾胸安能已?悲怀从中起。
寝兴目存形,遗音犹在耳。
上惭东门吴,下愧蒙庄子。
赋诗欲言志,此志难具纪。
命也可奈何,长戚自令鄙。

晋黄门郎张协

题解 张协，字景阳，晋安平人，张载之弟。与兄载弟亢，时称"三张"。协为人束身自好，以诗文自娱。官至黄门侍郎。后托疾，弃绝人事，终于家。《晋书·张协传》云："于时天下已乱，所在寇盗，协遂弃绝人事，屏居草泽，守道不竞，以属咏自娱。"清何焯《义门读书记》卷四十七曰："胸次之高，言语之妙，景阳与元亮之在两晋，盖犹长庚、启明之丽天矣。"又曰："诗家炼字琢句始于景阳，而极于鲍明远。"《诗品》列张协诗于上品，张载诗于下品。《文心雕龙·才略》云："孟阳、景阳才绮而相埒，可谓鲁卫之政，兄弟之文也。"此说与《诗品》正相反，达按，明张溥《汉魏六朝百三家集·张孟阳景阳集题辞》云："景阳文稍让兄，而诗独劲出，盖二张齐驱，诗文之间，互有短长。"可谓的论矣。张协胸次高旷，诗味淳厚，属冲淡恬静一派。

原文 其源出于王粲。文体华净，少病累①。又巧构形似之言②。雄于潘岳，靡于太冲③。风流调达④，实旷代之高手⑤，词彩葱蒨⑥，音韵铿锵，使人味之，亹亹不倦⑦。

注释

①文体华净，少病累：文章华美干净，无病疵可挑剔。病累，违反诗歌规律之处。累，亦病也。一说指多余的字句。

②又巧构形似之言：指擅长于惟妙惟肖地描写景物。巧构，准确、逼真地描绘。

③雄于潘岳，靡于太冲：诗之气骨强于潘岳，词采绮靡甚于左思。雄，指骨气横绝。靡，指文采繁盛。

④风流调达：诗风洒脱、和谐畅达。《太平御览》"达"作"远"。

⑤旷代之高手：绝代之大手笔。

⑥词彩葱蒨：词藻繁盛。葱蒨，青翠茂盛。

⑦亹亹（wěi）不倦：《诗经·大雅·文王》："亹亹文王，令闻不已。"亹亹，勤勉不倦的样子。

译文

张协的诗渊源于王粲。文体华美纯净，少有病累之句；又长于巧妙地写出精确描绘景物的诗句。他的诗风比潘岳雄放，词采绮靡又超过左思。风格洒脱，和谐畅达，实在是绝代高手。词藻繁盛，音调铿锵，使人读之有味，精神爽然。

附录

杂诗（选二首） 张协

朝霞迎白日，丹气临汤谷。
翳翳结繁云，森森散雨足。
轻风摧劲草，凝霜竦高木。
密叶日夜疏，丛林森如束。
畴昔叹时迟，晚节悲年促。
岁暮怀百忧，将从季主卜。

昔我资章甫，聊以适诸越。
行行入幽荒，瓯骆从祝发。
穷年非所用，此货将安设？
瓵甋夸玙璠，鱼目笑明月。
不见郢中歌，能否居然别？
《阳春》无和者，《巴人》皆下节。
流俗多昏迷，此理谁能察？

晋记室左思

题解 左思,字太冲,西晋临淄人。官秘书郎,司空张华辟为祭酒。入齐,齐王命为记室,辞不就,归乡里,专事著述。左思形貌丑陋而又口讷,博学能文。曾作《三都赋》,十年始成。豪贵之家竞相传抄,洛阳为之纸贵,一时传为美谈。今存诗十四篇,以《咏史八首》最著名。后人辑有《左太冲集》。左思出身寒门,不为当世所重,故诗多怀才不遇之叹。刘勰《文心雕龙·才略》说:"左思奇才,业深覃思,尽锐于《三都》,拔萃于《咏史》,无遗力矣。"宋严羽《沧浪诗话·诗评第十二》曰:"晋人舍陶渊明、阮嗣宗外,唯左太冲高出一时。"清沈德潜《古诗源》说:"太冲拔出于众流之中,丰骨峻上,尽掩诸家。"左思诗置之上品而无愧矣。

原文 其源出于公干①。文典以怨②,颇为精切③,得讽谕之致④。虽野于陆机⑤,而深于潘岳。谢康乐尝言:"左太冲诗,潘安仁诗,古今难比。"⑥

注释 ①其源出于公干:清刘熙载《艺概·诗概》云:"刘公干、左太冲,壮而不悲。"达按,左思诗以气骨胜,自是刘桢一路。

②文典以怨（yùn）：文词典正而蕴藉。典，典则、典正。北齐颜之推《颜氏家训·文章》："吾家世文章，甚为典正，不从流俗。"怨，含蓄、蕴藉。《荀子·哀公》："富有天下而无怨财。"注："怨读为蕴。言虽富有天下，而无蕴蓄私财也。"

③精切：精当、切要。指文词准确而无长语。

④讽谕之致：讽刺、教化之情致。

⑤野于陆机：比陆机质朴而不事雕润。《论语·雍也》："质胜文则野。文胜质则史。文质彬彬，然后君子。"野，质胜文之谓也。

⑥左太冲诗三句：沈德潜《说诗晬语》卷下："太冲《咏史》，不必专咏一人，专咏一事，已有怀抱，借古人事以抒写之，斯为千秋绝唱。"

译文

左思的诗渊源于刘桢。文词典正而含蓄，甚为精当切要，有讽刺、教化的情致。虽然比陆机质朴，但比潘岳深刻。谢灵运曾经说："左思的诗，潘岳的诗，古往今来，难以伦比。"

附录 咏史（选二首） 左思

弱冠弄柔翰，卓荦观群书。

著论准《过秦》，作赋拟《子虚》。

边城苦鸣镝，羽檄飞京都。

虽非甲胄士，畴昔览穰苴。

长啸激清风，志若无东吴。

铅刀贵一割，梦想骋良图。

左眄澄江湘，右盼定羌胡。

功成不受爵，长揖归田庐。

郁郁涧底松，离离山上苗。

以彼径寸茎，荫此百尺条。

世胄蹑高位，英俊沈下僚。

地势使之然，由来非一朝。

金张籍旧业，七叶珥汉貂。

冯公岂不伟？白首不见招。

宋临川太守谢灵运

题解 谢灵运,南朝宋阳夏人,谢玄之孙,袭封康乐公,世称谢康乐。初为武帝太尉参军,后迁太子左卫率;少帝时贬为永嘉太守;文帝时曾为临川郡守。博览群书,工书画,好山水。既不得意,便肆意遨游,各处题咏。行为放纵,不久以谋反罪被诛,年四十九。有诗文集传世。谢诗繁富,故《文心雕龙·明诗》称:"宋初文咏,体有因革,庄老告退,而山水方滋。俪采百字之偶,争价一句之奇。情必极貌以写物,辞必穷力而追新。"谢诗亦在其中。清沈德潜《古诗源》说:"(谢诗)经营惨淡,钩深索隐,而一归自然,山水闲适,时遇理趣,匠心独运,少规往则。建安诸公都非所屑,况士衡以下?"谢灵运是我国文学史上第一个全力摹写山水的作家。

原文 其源出于陈思,杂有景阳之体,故尚巧似①,而逸荡过之②。颇以繁芜为累③。嵘谓若人兴多才高博④,寓目辄书,内无乏思⑤,外无遗物⑥,其繁富,宜哉!然名章迥句,处处间起,丽典新声,络绎奔会⑦。譬犹青松之拔灌木⑧,白玉之映尘沙,未足贬其高洁也⑨。初,钱塘杜明师夜梦东南有人来入其馆,是夕，即灵运生于会稽。旬日，而谢玄亡。其家以子孙难得，送灵运于杜治养之⑩。十五方还都，故名客儿。

注释

①其源出于陈思三句：灵运诗渊源于曹植，又受张协诗风之影响，"故尚巧似"。《诗品》评张协谓"巧构形似之言"，"尚巧似"，亦此意也。

②逸荡过之：超脱、放纵超过张协。

③以繁芜为累：《诗品序》云："元嘉中，有谢灵运，才高词盛，富艳难踪。"此处的"繁芜"和《序》中的"富艳"，意思相同，都是指谢灵运诗歌内容的丰富和形式上的"经纬绵密"，"体尽俳偶"。累，病也。

④兴多才高博：犹言灵感时来，诗才高妙。兴，外物触发诗思之谓。

⑤内无乏思：胸中诗思横溢。

⑥外无遗物：于外部景物无所遗漏。意谓信手拈来，皆能入诗。

⑦丽典新声，络绎奔会：华丽典雅为别人不能道之新词丽句，相继不断而来。奔会，竞相会合。

⑧青松之拔灌木：犹若青松之独立于灌木之丛，即鹤立鸡群之意。拔，突出、兀立。

⑨白玉两句：犹白玉之处于尘沙，而使尘沙蒙荣，无损白玉

之光辉。高洁，梁简文帝《与湘东王书》云："谢客吐言天拔，出于自然。"

⑩杜：指杜明师。治：道家静室曰治。

译文

谢灵运诗渊源于曹植，掺杂有张协的诗风。所以描写景物崇尚"巧似"，但超脱放纵超过张协。过分的繁文缛采，是他诗歌的缺点。我以为，此人思路敏捷，诗才高妙，所见之物，皆能入诗，胸中不缺少丰富的思想感情，眼前没有不可入诗的景物。说他"繁富"，是十分相宜的！然而在他的诗中，名篇佳句，随处可见；华美典雅的新词丽句，相继涌现。好像青松秀拔于灌木丛中，白玉辉映着沙粒，无损于他诗的高洁。起先，钱塘杜明师晚上梦见有人自东南方而来，进入他的房间，当晚，谢灵运就在会稽出生。十天后，他祖父谢玄去世。家里担心子孙难得，送灵运到杜明师的静室扶养。十五岁才回到都城建康，所以小名唤作客儿。

附录　**登池上楼**　谢灵运

潜虬媚幽姿，飞鸿响远音。

薄霄愧云浮，栖川怍渊沈。
进德智所拙，退耕力不任。
徇禄反穷海，卧疴对空林。
衾枕昧节候，褰开暂窥临。
倾耳聆波澜，举目眺岖嵚。
初景革绪风，新阳改故阴。
池塘生春草，园柳变鸣禽。
祁祁伤豳歌，萋萋感楚吟。
索居易永久，离群难处心。
持操岂独古？无闷征在今。

石壁精舍还湖中作　谢灵运

昏旦变气候，山水含清晖。
清晖能娱人，游子憺忘归。
出谷日尚早，入舟阳已微。
林壑敛暝色，云霞收夕霏。
芰荷迭映蔚，蒲稗相因依。
披拂趋南径，愉悦偃东扉。
虑澹物自轻，意惬理无违。
寄言摄生客，试用此道推。

诗品卷中

汉上计秦嘉　嘉妻徐淑

题解　秦嘉，字士会，东汉陇西人。桓帝时，仕郡上计。后入洛阳，除黄门郎，病卒于津乡亭。徐陵编《玉台新咏》录秦嘉《赠妇诗》三首。又，嘉妻徐淑有《答夫诗》一首。叙夫妇惜别之情，矢忠诚之意。感情缠绵，凄婉动人。明胡应麟《诗薮·内编》卷二说："秦嘉夫妇往还曲折，具载诗中，真事真情，千秋如在，非他托兴可以比肩。"但是，徐淑诗句中杂以"兮"字，若去之，则为四言矣。

原文　夫妻事既可伤①，文亦凄怨。为五言者，不过数家，而妇人居二②。徐淑叙别之作，亚于《团扇》矣③。

注释　①夫妻事既可伤：徐陵《玉台新咏》录秦嘉《赠妇诗》三首，前有《序》云："秦嘉，字士会，陇西人也。为郡上掾。其妻徐淑，寝疾还家，不获面别。赠诗云尔。"又宋佚名《竹庄诗话》卷二引《西溪丛语》，详述秦嘉夫妻书信往返并诗，可参阅。伤，哀伤。

②为五言者三句：意谓汉代五言诗作者不过数家而已，而女诗人居其二：一班姬，一徐淑。唯徐淑五言，中杂"兮"字，

去之,则为四言。

③徐淑两句:叙别之作系指徐淑《答夫诗》。亚于《团扇》,逊于班婕妤《团扇诗》。因同是女诗人,故相较尔。

译文

秦嘉、徐淑夫妇二人的遭遇既然值得悲伤,他们的诗作自然也凄婉哀怨。汉代五言诗人不过数家,而女诗人已占两人。徐淑的《答夫诗》比班姬的《团扇诗》,要略逊一筹。

附录

赠妇诗三首(选二首)　秦嘉

人生譬朝露,居世多屯蹇。
忧艰常早至,欢会常苦晚。
念当奉时役,去尔日遥远。
遣车迎子还,空往复空返。
省书情凄怆,临食不能饭。
独坐空房中,谁与相劝勉。
长夜不能眠,伏枕独展转。
忧来如寻环,匪席不可卷。

皇灵无私亲，为善荷天禄。
伤我与尔身，少小罹茕独。
既得结大义，欢乐苦不足。
念当远离别，思念叙款曲。
河广无舟梁，道近隔丘陆。
临路怀惆怅，中驾正踯躅。
浮云起高山，悲风激深谷。
良马不回鞍，轻车不转毂。
针药可屡进，愁思难为数。
贞士笃终始，恩义不可属。

答夫诗　徐淑

妾身兮不令，婴疾兮来归。
沉滞兮家门，历时兮不差。
旷废兮侍觐，情敬兮有违。
君今兮奉命，远适兮京师。
悠悠兮离别，无因兮叙怀。
瞻望兮踊跃，伫立兮徘徊。
思君兮感结，梦想兮容辉。

君发兮引迈,去我兮日乖。

恨无兮羽翼,高飞兮相追。

长吟兮永叹,泪下兮沾衣。

魏文帝

题解

魏文帝曹丕,字子桓,沛国谯人。曹操次子。操去世,袭为魏王,代汉称帝,为魏文帝。喜文学,著有《典论》五卷及诗赋一百余篇,现存四十余篇。《典论》已佚,唯存《论文》一篇,见《昭明文选》。其《燕歌行》一首,是现存最早的七言诗。钟嵘《诗品》将曹植列为上品,而置曹丕于中品,而刘勰《文心雕龙·才略》云:"魏文之才,洋洋清绮,旧谈抑之,谓去植千里。然子建思捷而才儁,诗丽而表逸;子桓虑详而力缓,故不竞于先鸣。而乐府清越,《典论》辩要,迭用短长,亦无懵焉。但俗情抑扬,雷同一响,遂令文帝以位尊减才,思王以势窘益价,未为笃论也。"达按,刘勰通论才略,钟嵘铨衡五言,殊难相提并论。就五言诗而言,《诗品》所评,未为妄也。明许学夷《诗源辩体》卷四第十三条曰:"子桓五言,在公干、仲宣之亚。钟嵘《诗品》以公干、仲宣处上品,子桓居中品,得之。元瑞谓'子桓过公干、仲宣远甚',予未敢信。"

原文

其源出于李陵,颇有仲宣之体①。则所计百许篇,率皆鄙质如偶语②。惟"西北有浮云"十余首,殊美赡可玩③,始见其工矣。不然,何以铨衡群彦,对扬厥弟者耶④?

注释

①其源出于李陵两句:魏文诗源出于李陵,王粲诗亦出于李陵,其源一也。钟嵘评李陵:"文多凄怨者之流。"评王粲:"发愀怆之词。"魏文源出李陵,又有"仲宣之体",可见曹丕诗继承发展重情采一路。清沈德潜《古诗源》曰:"子桓诗有文士气,一变乃父悲壮之习矣,要其便娟婉约,能移人情。"

②则所计百许篇两句:谓曹丕诗共计百来首,都质直无文采,如人对话然。则,虚词,无意义。鄙质,野而质朴,毫无文采。偶语,相对谈话。清何焯《义门读书记》卷四十七引曹丕《芙蓉池作》:"寿命非乔松,谁能得神仙?遨游快心志,保己终百年。"曰:"其言如此其偷也,复有子孙黎民之远图哉?"达按,偷,苟且也。

③唯"西北有浮云"两句:"西北有浮云"见曹丕《杂诗》。殊,不同一般。美赡可玩,华美富丽,足供玩味。

④不然三句:铨衡群彦,评价品第众才士。曹丕《典论·论文》有:"今之文人,鲁国孔融文举,广陵陈琳孔璋,山阳王粲仲宣,北海徐干伟长,陈留阮瑀元瑜,汝南应玚德琏,东平刘桢公干:斯七子者,于学无所遗,于辞无所假,咸以自骋骥騄于千里,仰齐足而并驰。"又,曹丕《与吴质书》于上

述数人亦有评论。所谓"铨衡群彦"盖指此。铨衡，原指衡器或量具。这里当动词用，是衡量、评论的意思。彦，才德杰出的人。对扬，对答称扬。厥弟，其弟，指曹植。

译文 曹丕的诗渊源于李陵，还杂有王粲的诗风。总共有百来篇诗歌，大抵都鄙野质直好像与人说话一样。只有《杂诗》"西北有浮云"等十多首，特别华美富丽，可供玩味，才看出他的精致工整。否则，怎么能评论群才，面对成就突出的兄弟呢？

附录 杂诗二首　曹丕

漫漫秋夜长，烈烈北风凉。
展转不能寐，披衣起彷徨。
彷徨忽已久，白露沾我裳。
俯视清水波，仰看明月光。
天汉回西流，三五正从横。
草虫鸣何悲，孤雁独南翔。
郁郁多悲思，绵绵思故乡。
愿飞安得翼？欲济河无梁。
向风长叹息，断绝我中肠。

西北有浮云，亭亭如车盖。
惜哉时不遇，适与飘风会。
吹我东南行，南行至吴会。
吴会非我乡，安能久留滞。
弃置勿复陈，客子常畏人。

晋中散嵇康

题解　嵇康，字叔夜，三国时魏谯郡人。仕魏为中散大夫，掌议论。入晋，以吕安事，为司马昭所杀。嵇康博览多闻，崇尚老庄，工诗文，精乐理。为"竹林七贤"之一。鲁迅曾辑校《嵇康集》。刘勰《文心雕龙·明诗》说："嵇志清峻。"嵇康的文学成就，主要在散文方面，诗歌大部分为四言诗。五言诗风格峻切，但颇多消极思想。

原文　颇似魏文①。过为峻切②。讦直露才③，伤渊雅之致④。然托谕清远⑤，良有鉴裁⑥，亦未失高流矣。

注释　①颇似魏文：陈延杰《诗品注》曰："叔夜有超绝尘世之想，其遨游快志，亦颇似魏文焉。"
②过为峻切：清刘熙载《艺概·诗概》云："叔夜之诗峻烈。"峻切，严厉、尖刻、激烈。
③讦(jié)直露才：以直揭短处、横议是非来显露自己的才干。陈延杰《诗品注》云："叔夜拒钟会，与山涛绝交，皆其讦直者。"明胡应麟《诗薮·外编》卷二曰："嗣宗、叔夜并以放诞名，而阮之识，远非嵇比也。……中散……徒以口舌获戾，

悲夫!"讦直,揭发人之过错而不徇情。

④伤渊雅之致:有伤蕴藉雅正的高致。伤,害。渊雅,深远高雅。

⑤托谕清远:寄托深远。谕,犹旨也。

⑥良有鉴裁:确有审察、识别能力。

译文 嵇康的诗很类似曹丕,只是过分严厉激烈。横议是非,露才扬己,有损于敦厚雅正的高致。但寄托深远,确实有审察、识别能力,仍不失为诗家名流。

附录 **述志诗二首(选一首)** 嵇康

斥鷃擅蒿林,仰笑神凤飞。
坎井蜩蛭宅,神龟安所归。
恨自用身拙,任意多永思。
远实与世殊,义誉非所希。
往事既已谬,来者犹可追。
何为人事间,自令心不夷。
慷慨思古人,梦想见容辉。
愿与知己遇,舒愤启其微。
岩穴多隐逸,轻举求吾师。

晨登箕山巅,日夕不知饥。
玄居养营魄,千载长自绥。

酒会诗　嵇康

乐哉苑中游,周览无穷已。
百卉吐芳华,崇基邈高跱。
林木纷交错,玄池戏鲂鲤。
轻丸毙翔禽,纤纶出鳣鲔。
坐中发美赞,异气同音轨。
临川献清酤,微歌发皓齿。
素琴挥雅操,清声随风起。
斯会岂不乐?恨无东野子。
酒中念幽人,守故弥终始。
但当体七弦,寄心在知己。

晋司空张华

题解 张华,字茂先,范阳方城人。少好文义,博览坟典。为太常博士,转兼中书郎,后诏加右光禄大夫,封壮武公,迁司空。赵王伦废贾后,华不从,被杀。华强记默识,博学多闻,当时推为第一。晋武帝尝问汉宫室制度,及建章千门万户,华应对如流,听者忘倦,画地成图,左右瞩目,武帝甚异之。时人比之春秋子产。华诱进人物不倦,士有一善者,便为之推誉。著有《博物志》十卷。其诗尚藻饰,后人辑有《张茂先集》。明许学夷《诗源辩体》卷五第二十条曰:"张茂先五言,得风人之致。"

原文 其源出于王粲。其体华艳,兴托不奇①。巧用文字,务为妍冶②。虽名高曩代③,而疏亮之士④,犹恨其儿女情多,风云气少⑤。谢康乐云:"张公虽复千篇,犹一体耳。"今置之中品,疑弱,处之下科,恨少,在季、孟之间矣⑥。

注释 ①其体华艳两句:张华诗词藻温丽富艳,而无寄托之旨。华艳而不求意蕴。兴托,寄托、寓意。奇,佳、高。

②务为妍冶：力事艳丽。务，强力以赴。妍冶，妍丽、妖冶。明许学夷《诗源辩体》卷五第二十一条云："茂先情丽，正叔语工。茂先如'朱火清无光，兰膏坐自凝。''佳人处遐远，兰室无容光。''巢居知风寒，穴处识阴雨。不曾远别离，安知慕俦侣。'等句，其情甚丽。"

③曩（nǎng）代：前代。

④疏亮之士：通脱豁达的人。

⑤犹恨其儿女情多两句：恨，遗憾。多儿女柔情，少风骨豪气。风云，指风起云涌之磅礴气概。清何焯《义门读书记》卷四十六"张茂先《励志诗》"条云："张公诗惟此一篇，余皆女郎诗也。"

⑥今置之中品疑弱五句：《诗品序》云："至斯三品升降，差非定制，方申变裁，请寄知者尔。"列品之难，其苦衷可见。至于张华，钟嵘以为宜在中品、下品之间。权衡轻重，以置之中品为宜。季、孟之间，《史记·孔子世家》："鲁乱，孔子适齐。异日，景公止孔子曰：'奉子以季氏，吾不能。以季、孟之间待之。'"《集解》引孔安国曰："鲁三卿，季氏为正卿，最贵；孟氏为下卿，不用事。言待之以二者之间也。"

译文

张华的诗渊源于王粲。他的诗体裁华丽富艳，而比兴寓意不深。字句用得工巧，竭力追新求艳。虽然在前代名声很高,但通脱豁达之士,还是遗憾他的诗柔情太多,气概不足。谢灵运说:"张公即使有千首诗,仍是一副老面孔!"现在将他列入中品,嫌薄弱了些;列为下品,又显得亏待了他。宜在两者之间罢了。

附录

情诗五首(选二首) 张华

清风动帷帘,晨月照幽房。
佳人处遐远,兰室无容光。
襟怀拥虚景,轻衾覆空床。
居欢惕夜促,在戚怨宵长。
抚枕独啸叹,感慨心内伤。

游目四野外,逍遥独延伫。
兰蕙缘清渠,繁华荫绿渚。
佳人不在兹,取此欲谁与?
巢居知风寒,穴处识阴雨。
不曾远别离,安知慕俦侣?

魏尚书何晏　晋冯翊守孙楚
晋著作王赞　晋司徒掾
张翰　晋中书令潘尼

题解

何晏，字平叔，南阳宛人。曹爽秉政，以晏为尚书。晏少以才秀知名，好老庄言，和夏侯玄、王弼等倡导玄学，竞尚清谈，是三国时著名的玄学家。有《论语集解》一书传世。

孙楚，字子荆，太原人。征西扶风王骏与楚旧好，起为参军。惠帝时，为冯翊太守。楚才藻卓绝，爽迈不群，多所陵傲，故缺乡曲之誉。富文才，曾为石苞作《与孙皓书》，文见《昭明文选》。后人辑有《孙子荆集》。

王赞，字正长，义阳人。辟同空掾，历散骑侍郎。

张翰，字季鹰，吴郡人。齐王冏辟为东曹掾。睹天下乱，东归，卒于家中。

潘尼，字正叔，荥阳中牟人。初应州辟，后以父老归。历中书令，永嘉中，迁太常卿。尼少有清才，性静退不竞，唯以勤学著述为事。著《安身论》以明所守。与从父潘岳具以文章知名。后人辑有《潘太常集》。

原文

平叔鸿鹄之篇①，风规见矣②。子荆零雨之外③，正长朔风之后④，虽有累札，良亦无闻⑤。季鹰黄华之唱⑥，正叔绿繁之章⑦，虽不具美，而文彩高丽⑧，并得虬龙片甲，凤皇一毛⑨。事同驳圣，宜居中品⑩。

注释

①平叔鸿鹄之篇：何晏《拟古诗》有"鸿鹄比翼游"之句。

②风规见矣：风规，风格、规范，犹言诗之体制。见，同"现"。明许学夷《诗源辩体》卷四第四十六条曰："何晏五言二篇，托物兴寄，体制犹存。"

③子荆零雨之外：孙楚《征西官属送于陟阳候作诗》，有"晨风飘歧路，零雨被秋草"句。此句意谓：孙楚除"零雨"这首诗以外……清何焯《义门读书记》卷四十六，谓此诗"骨力甚健"。

④正长朔风之后：王赞《杂诗》有"朔风动秋草，边马有归心"之句。之后，即注③之外之意。达按，《宋书·谢灵运传论》有"子荆零雨之章，正长朔风之句"，可见该诗在当时颇受推崇。

⑤虽有累札两句：谓孙楚、王赞除上引二诗外，虽尚有不少诗篇，实在已无人知晓。累札，许多诗作。

⑥季鹰黄华之唱：张翰《杂诗》有"黄华如散金"句。清何焯《义门读书记》卷四十七谓此诗"胸怀本趣"。

⑦正叔绿繁之章：潘尼《迎大驾诗》有"绿繁被广隰"句。

⑧虽不具美两句：具美，都好。高丽，高妙华丽。具，通"俱"。

⑨并得两句：言此五人俱以一首诗著闻，如龙之鳞甲，凤之

羽毛。虽少，亦稀有之物。虬，龙之有角者。凤皇，即凤凰。
⑩事同驳圣两句：驳圣，不纯的圣人。驳，马毛色不纯。圣，圣人。达按，《诗品》评诗，首推曹植。《诗品序》云："陈思为建安之杰。"又云："昔曹、刘殆文章之圣。"虽曹植、刘桢并举，实则以曹为主，因曹及刘，且刘桢诗岂可与曹植诗同日而语耶？《诗品》卷上评曹植有云："陈思之于文章也，譬人伦之有周、孔，鳞羽之有龙凤，音乐之有琴笙，女工之有黼黻。……故孔氏之门如用诗，则公干升堂，思王入室，景阳潘陆，自可坐于廊庑之间矣。"以圣喻诗，则曹植可为周、孔；以物喻诗，则曹植为龙凤。现何晏等五人，犹圣而驳杂不纯，犹龙凤而片甲、一羽，故宜居中品。夫"驳圣"一词，文献无征，历来注家又付之缺如。现据《孟子·公孙丑上》引子贡语曰："学不厌，智也；教不倦，仁也。仁且智，夫子既圣矣。"又曰："子夏、子游、子张皆有圣人之一体，冉牛、闵子、颜渊具体而微。""有圣人之一体"，即"驳圣"之意明矣。且何晏"鸿鹄"已具风规，孙楚、王赞之"零雨""朔风"，已见沈约《宋书·谢灵运传论》，其中有"子荆零雨之章，正长朔风之句"云云，可见该诗于当代已名噪一时矣。张翰、潘尼"并得虬龙片甲，凤皇一毛"，其诗已入"圣"境，只是"累札"较多，而佳什寥寥而已。可见何晏等人，虽清辞丽曲时发乎篇，而芜音累气固亦多矣。以圣为喻，乃杂而不纯，此之谓"驳圣"也矣。钟嵘评沈约云："约所著既多，今剪除淫杂，收其精

要,允为中品之第矣。"何晏等人,归诸中品,亦此意也。

译文

何晏的《拟古诗》"鸿鹄"篇,风范已现。孙楚的"零雨被秋草"一篇以外,王赞的《杂诗》"朔风动秋草"一篇之后,他们虽然还有不少诗作,但实在不太闻名了。张翰《杂诗》"黄华如散金"篇,潘尼《迎大驾诗》"绿蘩被广隰"篇,他们的诗虽然并非首首都好,但文采高妙华丽,都有凤毛麟角的价值,正如不是十全十美的圣人一样,应该归入中品。

附录

拟古 何晏

鸿鹄比翼游,群飞戏太清。
常恐天网罗,忧祸一旦并。
岂若集五湖,顺流唼浮萍。
逍遥放志意,何为怵惕惊。

征西官属送于陟阳候作诗 孙楚

晨风飘歧路,零雨被秋草。
倾城远追送,饯我千里道。

三命皆有极，咄嗟安可保。
莫大于殇子，彭聃犹为夭。
吉凶如纠缰，忧喜相纷绕。
天地为我庐，万物一何小。
达人垂大观，诚此苦不早。
乖离即长衢，惆怅盈怀抱。
孰能察其心？鉴之以苍昊。
齐契在今朝，守之与偕老。

杂诗　王赞

朔风动秋草，边马有归心。
胡宁久分析，靡靡忽至今。
王事离我志，殊隔过商参。
昔往鸧鹒鸣，今来蟋蟀吟。
人情怀旧乡，客鸟思故林。
师涓久不奏，谁能宣我心？

杂诗　张翰

暮春和气应，白日照园林。

青条若总翠，黄华如散金。
嘉卉亮有观，顾此难久耽。
延颈无良涂，顿足托幽深。
荣与壮俱去，贱与老相寻。
欢乐不照颜，惨怆发讴吟。
讴吟何嗟及，古人可慰心。

迎大驾诗 潘尼

南山郁岑崟，洛川迅且急。
青松荫修岭，绿蘩被广隰。
朝日顺长涂，夕暮无所集。
归云乘幰浮，凄风寻帷入。
道逢深识士，举手对吾揖。
世故尚未夷，崤函万崄涩。
狐狸夹两辕，豺狼当路立。
翔凤婴笼槛，骐骥见维絷。
俎豆昔尝闻，军旅素未习。
且少停君驾，徐待干戈戢。

魏侍中应璩

题解 应璩,字休琏,汝南人,应场之弟。明帝时,历官散骑侍郎,后迁侍中,典著作。曾作《百一诗》,讥刺时政。原有集十卷,已亡佚。明人张溥辑有《应德琏集》《应休琏集》。刘勰《文心雕龙·明诗》云:"若乃应璩《百一》,独立不惧,辞谲义贞,亦魏之遗直也。"明许学夷《诗源辩体》卷四第三十六条曰:"应璩《百一诗》,则犹近拙朴。……是慕好古之名,而不得其实者也。"亦见仁见智,各是其是之说。达按,应璩所作《百一诗》,世甚称之。然何谓"百一",人所莫解。李善《文选注》谓有三义焉:一曰应璩诗共有一百零一篇;二曰以百字为一首;三曰百虑之有一失。此亦聊备一说耳。

原文 祖袭魏文[1]。善为古语[2],指事殷勤[3],雅意深笃[4],得诗人激刺之旨[5]。至于"济济今日所",华靡可讽味焉[6]。

注释 [1]祖袭魏文:渊源于曹丕。祖袭,亦渊源之意。袭,沿袭。陈延杰《诗品注》云:"今观其文体,颇似魏文'西北有浮云'也。"

②善为古语：达按，璩诗如"下流不可处""是谓仁智居""文章不经国""贱子实空虚"等语，皆古语也。

③指事殷勤：谓指责世事殷切勤谨。《文选》李善注引《楚国先贤传》曰："汝南应休琏作《百一》篇诗，讥切时事。"明胡应麟《诗薮·外编》卷一云："应璩《百一》，旧谓规曹爽作。今读之绝无此意。惟'细微可不慎'一篇，皆谏戒语。"

④雅意深笃：雅意，雅正之意。深笃，深厚。

⑤得诗人激刺之旨：《毛诗序》云："上以风化下，下以风刺上。"《论语·阳货》又有兴、观、群、怨之说。故知讽刺而怨悱，正合圣人之意、风人之旨。应璩作《百一诗》"讥刺时事"，深得诗人冬激切怨刺之义。

⑥至于"济济今日所"两句：达按，逯钦立辑《先秦汉魏晋南北朝诗》上册魏诗卷八，辑录应璩五言诗十八首，散句若干，未见"济济今日所"句，盖佚诗句也。华靡，华丽、绮靡。讽味，讽诵玩味。

译文 应璩诗祖源于曹丕。好作古人语，诗中所指责的时事，恳切中肯，雅正之意深厚纯真，有古代诗人激浊扬清的讽谕传统。至于像"济济今日所"这样的诗句，是华美绮靡足供讽诵玩味的了。

附录　百一诗　应璩

下流不可处，君子慎厥初。
名高不宿著，易用受侵诬。
前者隳官去，有人适我闾。
田家无所有，酌醴焚枯鱼。
问我何功德，三入承明庐。
所占于此土，是谓仁智居。
文章不经国，筐箧无尺书。
用等称才学，往往见叹誉。
避席跪自陈，贱子实空虚。
宋人遇周客，惭愧靡所如。

晋清河守陆云　晋侍中石崇
晋襄城太守曹摅　晋朗陵公何劭

题解

陆云，字士龙，吴郡人。与兄陆机，并称"二陆"。曾任清河内史，亦称陆清河。机为成都王司马颖所诛，云亦同时遇害。明张溥辑有《陆士龙集》。《文心雕龙·才略》云："士龙朗练，以识检乱，故能布采鲜净，敏于短篇。"

石崇，字季伦，南皮人。历任散骑常侍、荆州刺史。累迁侍中。崇有妓名绿珠，孙秀使人求之，崇不许，秀遂劝赵王伦诛崇。今存五言诗三首，以《王明君辞》为最，清何焯《义门读书记》卷四十七云："石季伦《王明君辞》，逼似陈王。此诗可以讽失节之士。"

曹摅，字颜远，谯国人。初补临淄令，转洛阳令，齐王冏辅政，摅与左思俱为记室。惠帝末，起为襄城太守。永嘉时，为征南司马。讨流人王逌，军败而死。现存五言诗三首，《感旧诗》流传较广，清何焯《义门读书记》卷四十七云："曹颜远《感旧诗》，浅薄无余味。殷领军诵之而泣下。盖各有所感耳。"

何劭，字敬祖，陈国人。初为相国掾。稍迁尚书左仆射。薨，袭封朗陵郡公。清何焯《义门读书记》卷四十六云：

"何敬祖《游仙诗》，游仙正体。弘农其变。此诗似为愍怀太子作。"

原文

清河之方平原①，殆如陈思之匹白马②。于其哲昆，故称"二陆"③。季伦、颜远，并有英篇④。笃而论之，朗陵为最。

注释

①清河之方平原：方，比也。
②殆如陈思之匹白马：殆，大概。白马，指白马王曹彪。匹，即上文"方"义。达按，曹植诗列上品，曹彪列为下品；陆机诗列上品，陆云列为中品。二曹、二陆虽同属兄弟，而诗歌成就高下悬殊。《诗品》卷下评曹彪，有"以筵扣钟"之喻，其主张可见矣。
③哲昆：哲，贤哲。昆，昆仲。哲昆在此处犹言贤兄。二陆，指陆机、陆云。
④季伦、颜远，并有英篇：指石崇《王明君辞》、曹摅《感旧诗》，前人对此二诗之称颂，已见《题解》。并，都。

译文

拿陆云同陆机相比，大概像曹植之比于曹彪。由于有他贤兄在，故"二陆"并称。石崇、曹摅，都有佳作。平心而论，四人之中何劭最突出。

附录

为顾彦先赠妇二首（选一首） 陆云

悠悠君行迈，茕茕妾独止。
山河安可逾？永路隔万里。
京室多妖冶，粲粲都人子。
雅步擢纤腰，巧笑发皓齿。
佳丽良可美，衰贱焉足纪。
远蒙眷顾言，衔恩非望始。

王明君辞并序 石崇

王明君者，本是王昭君，以触文帝讳，改焉。匈奴盛请婚于汉，元帝以后宫良家子昭君配焉。昔公主嫁乌孙，令琵琶马上作乐，以慰其道路之思。其送明君亦必尔也。其造新曲，多哀怨之声。故叙之于纸云尔。

我本汉家子，将适单于庭。
辞诀未及终，前驱已抗旌。
仆御涕流离，辕马悲且鸣。
哀郁伤五内，泣泪湿珠缨。
行行日已远，遂造匈奴城。

延我于穹庐,加我阏氏名。
殊类非所安,虽贵非所荣。
父子见陵辱,对之惭且惊。
杀身良不易,默默以苟生。
苟生亦何聊,积思常愤盈。
愿假飞鸿翼,乘之以遐征。
飞鸿不我顾,伫立以屏营。
昔为匣中玉,今为粪上英。
朝华不足欢,甘与秋草并。
传语后世人,远嫁难为情。

感旧诗 曹摅

富贵他人合,贫贱亲戚离。
廉蔺门易轨,田窦相夺移。
晨风集茂林,栖鸟去枯枝。
今我唯囷蒙,郡士所背驰。
乡人敦懿义,济济荫光仪。
对宾颂有客,举觞咏露斯。
临乐何所叹?素丝与路歧。

游仙诗　何劭

青青陵上松，亭亭高山柏。
光色冬夏茂，根柢无凋落。
吉士怀贞心，悟物思远托。
扬志玄云际，流目瞩岩石。
羡昔王子乔，友道发伊洛。
迢递陵峻岳，连翩御飞鹤。
抗迹遗万里，岂恋生民乐。
长怀慕仙类，眇然心绵邈。

晋太尉刘琨　晋中郎卢谌

题解　刘琨，字越石，中山人。汉中山静王刘胜之后。初辟太尉泷西秦王府，未就，寻为博士，未之职。愍帝时，任大将军，都督并、冀、幽三州诸军事。晋室南渡，转任侍中太尉。后与石勒、刘曜对抗，兵败投降段匹磾，为段杀害。明张溥辑有《刘越石集》。成语"先吾着鞭""枕戈待旦""闻鸡起舞"，均出自刘琨。清何焯《义门读书记》卷四十六云："刘越石《答卢谌》，书词慷慨，有建安诸人韵。诗则二雅之变。"卢谌，字子谅，范阳人。刘琨主簿，转从事中郎，后依石季龙。冉闵诛石氏，谌随闵军遇害。刘勰《文心雕龙·才略》："刘琨雅壮而多风，卢谌情发而理昭，亦遇之于时势也。"

原文　其源出于王粲①。善为凄戾之词②，自有清拔之气③。琨既体良才④，又罹厄运⑤，故善叙丧乱，多感恨之词⑥。中郎仰之⑦，微不逮者矣⑧。

注释　①其源出于王粲：钟嵘评王粲曰："发愀怆之词。"评刘琨则曰："善为凄戾之词。"清刘熙载《艺概·诗概》曰："钟嵘谓越石诗出于王粲，以格言耳。"刘、王诗格调相近。

②凄戾（lì）：悲凉、酸辛。

③清拔之气：清劲、挺拔的文风。明许学夷《诗源辩体》卷五第二十七条曰："刘越石五言，篇什不多。其《赠卢谌》及《扶风歌》，语甚浑朴，气颇遒迈，元裕之诗谓'可惜并州刘越石，不教横槊建安中'是也。"

④琨既体良才：谓刘琨既具良才。体，包含、容纳，《易·乾》："君子体仁足以长人。"《疏》："言君子之人，体包仁道，泛爱施生，足以尊长于人也。"《晋书·刘琨传》云："琨少负志气，有纵横之才。"

⑤又罹（lí）厄（è）运：又遭遇到危厄之命运。琨为段匹䃅所拘、所害。罹，遭难。

⑥故善叙丧乱两句：清沈德潜《古诗源》云："越石英雄失路，万绪悲凉，故其诗随笔倾吐，哀音无次，读者乌得于语句间求之。"清何焯《义门读书记》卷四十六评《重赠卢谌》一诗谓："慷慨悲凉，故是幽、并本色。"清刘熙载《艺概·诗概》曰："兼悲壮者，其惟刘越石乎！"达按，越石天性劲气直辞，又遇世乱，宜乎其"善叙丧乱，多感恨之词"。

⑦中郎仰之：中郎，指卢谌，卢谌曾官从事中郎。仰，仰承，指仰承而有所不及。《晋书·刘琨传》云：琨为段匹䃅所拘，"自知必死，神色怡如也。为五言诗赠其别驾卢谌"。琨诗托意非常，摅畅幽愤，远想张、陈，感鸿门、白登之事，用以

激谌。谌素无奇略,以常词酬和,殊乖琨心。

⑧微不逮者矣:微,略微。不逮,不及。清何焯《义门读书记》卷四十六云:"卢子谅《赠刘琨》书中云贡诗一篇,此'赠'字后人所题。书词非不翩翩,但多陈言耳。"达按,岂独书词而已,诗句亦然。刘琨《重赠卢谌》诗末句:"何意百炼钢,化为绕指柔。"无可奈何之怨愤,溢于言表。卢谌《答刘琨诗》末句则云:"百炼或致屈,绕指所以伸。"纯属虚与周旋之词。

译文

刘琨的诗渊源于王粲。善于写悲凉、凄楚之词,但自有清刚、挺拔的气势。刘琨既具有优良的诗才,又遭受厄运的磨砺,所以擅长叙写丧乱题材,颇多感慨怨恨的情调。卢谌仰承他的作品,而略有不及。

附录　重赠卢谌　刘琨

握中有悬璧,本自荆山璆。
惟彼太公望,昔在渭滨叟。
邓生何感激,千里来相求。
白登幸曲逆,鸿门赖留侯。
重耳任五贤,小白相射钩。
苟能隆二伯,安问党与仇?

中夜抚枕叹,想与数子游。
吾衰久矣夫,何其不梦周?
谁云圣达节,知命故不忧?
宣尼悲获麟,西狩涕孔丘。
功业未及建,夕阳忽西流。
时哉不我与,去乎若云浮。
朱实陨劲风,繁英落素秋。
狭路倾华盖,骇驷摧双辀。
何意百炼钢,化为绕指柔。

览古诗　卢谌

赵氏有和璧,天下无不传。
秦人来求市,厥价徒空言。
与之将见卖,不与恐致患。
简才备行李,图令国命全。
蔺生在下位,缪子称其贤。
奉辞驰出境,伏轼径入关。
秦王御殿坐,赵使拥节前。
挥袂睨金柱,身玉要俱捐。
连城既伪往,荆玉亦真还。

爰在渑池会，二主克交欢。
昭襄欲负力，相如折其端。
眦血下沾襟，怒发上冲冠。
西缶终双击，东瑟不只弹。
舍生岂不易，处死诚独难。
棱威章台颠，强御亦不干。
屈节邯郸中，俛首忍回轩。
廉公何为者，负荆谢厥愆。
智勇盖当世，弛张使我叹。

晋宏农太守郭璞

题解 郭璞，字景纯，河东闻喜人。性放散，不修威仪。以时乱避地渡江，官著作佐郎，后为王敦记室参军。敦谋逆，璞以劝阻敦起兵被杀。及敦平，追赠宏农太守。郭璞好经术，博洽多闻，擅辞赋，通阴阳历算、卜筮之术。又好古文奇字，释《尔雅》《方言》《山海经》《穆天子传》等。《文心雕龙·明诗》云："江左篇制，溺乎玄风，嗤笑徇务之志，崇盛亡机之谈，袁孙已下，虽各有雕采，而辞趣一揆，莫与争雄，所以景纯仙篇，挺拔而为俊矣。"该书《才略》云："景纯艳逸，足冠中兴，郊赋既穆穆以大观，仙诗亦飘飘而凌云矣。"《南齐书·文学传》亦云："江左风味，盛道家之言，郭璞举其灵变。"明许学夷《诗源辩体》卷五云："西晋仅六十年，而作者甚多；东晋百余年，而作者绝少。王元美云：'渡江以后，作者无几，非惟戎马为阻，当由清谈间之。'"故郭璞《游仙》之作，变创一代诗风。

原文 宪章潘岳①，文体相辉②，彪炳可玩③。始变永嘉平淡之体，故称中兴第一④。翰林以为诗首⑤。但《游仙》之作，辞多慷慨，乖远玄宗⑥。其云："奈何虎豹姿。"

又云:"戢翼栖榛梗。"乃是坎壈咏怀,非列仙之趣也⑦。

注释

①宪章潘岳:宪章,效法。《礼记·中庸》:"仲尼祖述尧舜,宪章文武。"

②文体相辉:谓郭璞诗风格与潘岳诗风格一致,相映成辉。相辉,竞相争辉。达按,钟嵘评潘岳,引李充《翰林论》谓其诗:"翩翩然如翔禽之有羽毛,衣服之有绡縠。"又引谢混语曰:"潘诗烂若舒锦。"评郭璞谓:"彪炳可玩。"盖风格近似故也。

③彪炳可玩:彪炳,文采焕发。可玩,足供玩味。

④始变永嘉平淡之体两句:永嘉,西晋怀帝年号,公元307~312年。钟嵘《诗品序》云:"永嘉时,贵黄老,稍尚虚谈,于时篇什,理过其辞,淡乎寡味。爰及江表,微波尚传。孙绰、许询、桓、庾诸公诗,皆平典似《道德论》,建安风力尽矣。先是郭景纯用儁上之才,变创其体;刘越石仗清刚之气,赞成厥美。""始变永嘉平淡之体",即此意也。中兴,由衰落而重新兴盛。《诗经·大雅·烝民序》:"任贤使能,周室中兴焉。"

⑤翰林以为诗首:翰林,指李充《翰林论》。其书已亡,诗首之说未详。

⑥乖远玄宗：乖远，背离、远离。玄宗，本指宗教之理，此处指玄学之理。

⑦其云："奈何虎豹姿"四句：达按，据逯钦立辑《先秦汉魏晋南北朝诗》，郭璞《游仙》之作凡十九首，中无"奈何虎豹姿""戢翼栖榛梗"两首，盖佚诗也。坎壈（kǎnlǎn），坎坷不得志，遭遇不顺利。列仙，诸仙。明许学夷《诗源辩体》卷五曰："景纯《游仙》中虽杂坎壈之语，至如'放情凌霄外，嚼蕊挹飞泉''神仙排云出，但见金银台''升降随长烟，飘飘戏九垓''鲜裳逐电曜，云盖随风回'等句，则亦称工矣。"许以为此皆列仙之趣也。又，清何焯《义门读书记》卷四十六云："景纯之《游仙》，即屈原之《远游》也。章句之士何足以知之？"则又证"坎壈"之说矣。

译文

郭璞诗效法潘岳，诗歌风格可同潘岳相与争辉，文采辉煌，可供品赏。开始转变永嘉时期平淡无奇的诗风，称得上重振诗坛的第一功臣。李充《翰林论》认为他是当代"诗首"。但是他的《游仙》之作，词语颇多感慨，背离了道家宗旨。他的诗句"奈何虎豹姿"，还有"戢翼栖榛梗"，已是坎坷失意的咏怀诗，而不再是游仙诗的旨趣了。

附录　游仙诗十九首（选二首）　郭璞

京华游侠窟，山林隐遁栖。
朱门何足荣，未若托蓬莱。
临源挹清波，陵冈掇丹荑。
灵溪可潜盘，安事登云梯。
漆园有傲吏，莱氏有逸妻。
进则保龙见，退为触藩羝。
高蹈风尘外，长揖谢夷齐。

逸翮思拂霄，迅足美远游。
清源无增澜，安得运吞舟。
珪璋虽特达，明月难暗投。
潜颖怨清阳，陵苕哀素秋。
悲来恻丹心，零泪缘缨流。

晋吏部郎袁宏

题解 袁宏，字彦伯，小字虎，陈郡阳夏人。谢尚引为参军，累迁大司马桓温记室。后自吏部郎出为东阳太守。袁宏少孤贫，有逸才，文章绝美。尝以旧有诸家《后汉书》杂乱，因撰集《后汉纪》三十卷，与范晔《后汉书》并传。刘勰《文心雕龙·才略》云："袁宏发轸以高骧，故卓出而多偏。"

原文 彦伯《咏史》①，虽文体未遒②，而鲜明紧健③，去凡俗远矣。

注释 ①彦伯《咏史》：《世说新语》注引《续晋阳秋》曰："虎少有逸才，文章绝丽。曾为《咏史诗》，是其风情所寄。少孤而贫，以运租为业。镇西谢尚，时镇牛渚，乘秋佳风月，率尔与左右微服泛江。会虎在运租船中讽咏，声既清会，辞文藻拔，非尚所曾闻。遂住听之，乃遣问讯，答曰：是袁临汝郎诵诗。即其《咏史》之作也。"达按，今存袁宏《咏史诗》二首。虎，袁宏小字也。

②文体未遒（qiú）：文体，指文章风格。遒，强劲有力。明胡应麟《诗薮·外编》卷二曰："晋人能文而不能诗者袁宏，

名出一时。所存《咏史》二章,吃讷陈腐可笑,当时亦以为工。"

③鲜明紧健:清新、明晓,紧凑、稳健。陈延杰《诗品注》卷中曰:"此诗是学左太冲者,有讽谕之致,特波澜不大耳。"

译文 袁宏的《咏史诗》,虽说风格不够强劲有力,但清新、晓畅,紧凑、稳健,比一般的诗要好多了。

附录 咏史诗二首(选一首) 袁宏

周昌梗概臣,辞达不为讷。
汲黯社稷器,栋梁表天骨。
陆贾厌解纷,时与酒梼杌。
婉转将相门,一言和平勃。
趋舍各有之,俱令道不没。

晋处士郭泰机　晋常侍顾恺之　宋谢世基　宋参军顾迈　宋参军戴凯

题解　郭泰机，河南人，寒素后门之士，未曾仕宦，故称处士。有《答傅咸》诗一首。

顾恺之，字长康，晋陵无锡人。初为桓温大司马参军，后为殷仲堪参军。义熙初，为散骑常侍。顾恺之博学有才气，尤善绘画，谢安甚为器重。时称恺之有三绝：才绝、画绝、痴绝。

谢世基，宋卫将军谢晦之从子。《宋书·谢晦传》："世基，绚之子也，有才气。临死为《连句诗》曰：'伟哉横海鳞，壮矣垂天翼。一旦失风水，翻为蝼蚁食。'"

顾迈、戴凯，二人生平不详，诗今不存。

原文　泰机"寒女"之制①，孤怨宜恨②。长康能以二韵答四首之美③。世基横海，顾迈鸿飞④。戴凯人实贫羸⑤，而才章富健。观此五子，文虽不多，气调警拔⑥。吾许其进，则鲍照、江淹，未足逮止。越居中品，金曰宜哉⑦。

注释

①泰机"寒女"之制:郭泰机《答傅咸》诗首句为:"皦皦白素丝,织为寒女衣。"即所谓"寒女"之制。清何焯《义门读书记》卷四十六曰:"诗乃赠傅,非答也。"盖后人传抄致错也。

②孤怨宜恨:郭泰机《答傅咸》诗通篇寄托,叹自己怀才不遇之感,所以说他独自怨叹,宜其所恨矣。

③长康句:《晋书·顾恺之传》云:"(恺之)为吟咏,自谓得先贤风制。"《世说新语·言语》云:"顾长康拜桓宣武墓,作诗云:'山崩溟海竭,鱼鸟将何依?'"固知其能诗也。达按,根据逯钦立辑《先秦汉魏晋南北朝诗》,顾长康今存五言《神情诗》一首,是诗亦见《陶渊明集》。此外有若干散句。"二韵答四首之美",未知所详。

④世基横海,顾迈鸿飞:达按,"横海"即谢世基《连句诗》,已见《题解》。"鸿飞",不详所指。顾迈诗今不存。

⑤戴凯人实贫羸(léi):戴凯事迹不详,亦无存诗。贫羸,家道贫寒、身体瘦弱。

⑥气调警拔:指诗歌的气韵风格出众峭拔,不同凡响。

⑦吾许其进五句:意谓郭泰机等五人,与鲍照、江淹二人宜居同一品第。因此,如果将此五人列为上品,则鲍照、江淹亦必进入上品。而钟嵘以为鲍、江不够上品资格,因此,郭泰机等五人以居中品为宜。许其进,允许他们上升一个品第。进,就其所处地位向上曰进。如进学、进用、进贤、进爵等。

逮，达到。止、越，此处均属无意义之虚词。佥（qiān），皆。

译文 郭泰机的"寒女"之诗，表现了个人的孤寂怨恨情绪，是应该的。顾恺之具有能够以四句诗对答四首诗的绝招。谢世基有"横海"之作，顾迈有"鸿飞"之篇。戴凯人虽然贫寒、瘦弱，但文才富足。统观这五位诗人，作品虽然不多，但气韵格调峭拔出众，不同凡响。我要是同意把他们进为上品，那么，鲍照、江淹还达不到上品的程度。列居中品，大家都会认为是恰当的。

附录 **答傅咸** 郭泰机

皦皦白素丝，织为寒女衣。
寒女虽妙巧，不得秉杼机。
天寒知运速，况复雁南飞。
衣工秉刀尺，弃我忽若遗。
人不取诸身，世士焉所希？
况复已朝餐，曷由知我饥。

宋征士陶潜

题解　陶渊明,字元亮,入宋名潜。浔阳人。曾为州祭酒,复为镇军、建威参军。未几,求为彭泽令,在官八十余日,弃官归隐,以诗酒自娱。征著作郎,不就。宋元嘉初卒,谥为靖节居士。其诗多描写山川田园之美,自然清新,情韵悠长,亦间有嫉世激昂之作,若《述酒》《咏荆轲》等作,有《陶渊明集》传世。宋姜夔《白石道人诗说》曰:"陶渊明天资既高,趣诣又远,故其诗散而庄,澹而腴,断不容作邯郸步也。"宋许𫖮《彦周诗话》云:"陶彭泽诗,颜、谢、潘、陆皆不及者,以其平昔所行之事,赋之于诗,无一点愧词,所以能尔。"或引《太平御览》卷五百八十六,谓陶渊明原在上品,经后人窜乱,乃置诸中品云云。钱钟书《谈艺录》第二十四条驳曰:"余所见景宋本《太平御览》,引此则并无陶潜,二人所据,不知何本。单文孤证,移的就矢,以成记室一家之言,翻征士千古之案。"亦可笑也矣。

原文　其源出于应璩①,又协左思风力②。文体省净,殆无长语③。笃意真古④,词兴婉惬⑤。每观其文,想其人德⑥。世叹其质直⑦。至如"欢言醉春酒"⑧"日暮天无云"⑨,风华清靡,岂直为田家语耶⑩!古今隐逸诗人之宗也。

注释

①其源出于应璩:应璩诗用《论语》语,如"下流不可处""是谓仁智居"。陶渊明诗亦用《论语》语,如"旧谷犹储今""屡空常晏如""忧道不忧贫""曲肱岂伤冲"等句。则其源一也。宋叶梦得《石林诗话》不同意此说,其卷下云:"梁钟嵘作《诗品》,皆云某人诗出于某人……然论陶渊明乃以为出于应璩,此语不知其所据。应璩诗不多见,惟《文选》载其《百一诗》一篇,所谓'下流不可处,君子慎厥初'者,与陶诗了不相类。五臣注引《文章录》云:'曹爽用事,多违法度,璩作此诗,以刺在位,意若百分有补于一者。'渊明正以脱略世故,超然物外为意,顾区区在位者何足累其心哉?且此老何尝有意欲以诗自名,而追取一人而模放之,此乃当时文士与世进取竞进而争长者所为,何期此老之浅,盖嵘之陋也。"明许学夷《诗源辩体》卷六第五条,亦持此说。达按,以上两说,各自有理,读者宜自明之。

②又协左思风力:明许学夷《诗源辩体》卷六第五条云:"钟嵘谓:'渊明诗,其源出于应璩,又协左思风力。'叶少蕴尝辩之矣。愚按,太冲诗浑朴,与靖节略相类。又,太冲常用鱼、虞二韵,靖节亦常用之,其声气又相类。"协,本协助、合作

之意,引申为融汇、渗入。

③文体省净,殆无长(zhàng)语:文风简洁,无冗繁之语。明许学夷《诗源辩体》卷六第十四条云:"靖节诗不为冗语,惟意尽便了。"省净,繁芜之反。殆,几乎、差不多。长语,多余的话。

④笃意真古:笃意,诚挚之意。出自内心之意真诚而纯一,谓之笃意。真古,真诚而古朴。明许学夷《诗源辩体》卷六第十七条谓:"靖节去古渐远,直是直写己怀。"

⑤词兴婉惬(qiè):诗的意兴美好而恰当。

⑥每观其文,想其人德:司马迁《史记·孔子世家》:"太史公曰:'余读孔氏书,想见其为人。'"此仿太史公语也。人德,其人之德行。德,人品,为人之道德。

⑦世叹其质直:明许学夷《诗源辩体》卷六第十二条曰:"靖节诗直写己怀,自然成文,中惟'饥来驱我去''相知何必旧''天道幽且远'二三篇,语近质野耳。"质直,质朴无文而直露。

⑧欢言醉春酒:陶潜《读山海经》诗中句。今本"醉"作"酌"。

⑨日暮天无云:陶潜《拟古》诗中句。

⑩岂直为田家语耶:难道只是乡里鄙语吗?直,只是。田家语,农村中的粗言俗语。

译文 陶潜的诗渊源于应璩,又吸收融化了左思诗歌的风韵格调。文字省俭、风格清练,几乎没有多余的字句。诗意纯真、古朴,意兴美好舒心。读他的文章,总想起他的人品德行。社会上一般人叹惜他的诗过于质朴直露。至于像"欢言醉春酒""日暮天无云"这样的诗句,华美清丽,谁说只是村野鄙语呢?他是古今隐逸诗人的始祖。

附录 **饮酒诗二十首(选一首)** 陶潜

结庐在人境,而无车马喧。
问君何能尔?心远地自偏。
采菊东篱下,悠然见南山。
山气日夕佳,飞鸟相与还。
此中有真意,欲辨已忘言。

杂诗十二首(选一首) 陶潜

人生无根蒂,飘如陌上尘。
分散逐风转,此已非常身。
落地为兄弟,何必骨肉亲。

得欢当作乐,斗酒聚比邻。
盛年不重来,一日难再晨。
及时当勉励,岁月不待人。

宋光禄大夫颜延之

题解 颜延之，字延年，临沂人。历官至金紫光禄大夫。好读书，无所不览，文章之美，冠绝当时，与谢灵运齐名，世称"颜谢"。延之喜饮酒，性狂诞，《南史·颜延之传》云："文帝尝召延之，传诏频不见，常日但酒店裸袒挽歌，了不应对。他日醉醒，乃见。帝尝问以诸子才能。延之曰：'竣得臣笔，测得臣文，𬱟得臣义，跃得臣酒。'何尚之嘲曰：'谁得卿狂？'答曰：'其狂不可及。'"明张溥《汉魏六朝百三家集·颜光禄集题辞》云："延年文莫长于《庭诰》，诗莫长于《五君》。"延年诗讲求俳偶，用事繁博，盖学深而才吝故也。

原文 其源出于陆机①。尚巧似②。体裁绮密③，情喻渊深④。动无虚散⑤，一句一字，皆致意焉⑥。又喜用古事⑦，弥见拘束⑧，虽乖秀逸，是经纶文雅才⑨。雅才减若人，则蹈于困踬矣⑩。汤惠休曰："谢诗如芙蓉出水，颜如错彩镂金。"颜终身病之⑪。

注释 ①其源出于陆机：清何焯《义门读书记》卷四十六评机诗《答贾长渊》云："铺陈整赡，实开颜光禄之先。钟嵘品第颜诗，以为其源出于陆机,是也。然士衡较为道秀。"钟嵘评陆机谓:"其咀嚼英华,厌饫膏泽,文章之渊泉也。"既为渊矣,自有流也,是颜出于陆。

②尚巧似:钟嵘评张协,谓"巧构形似之言";评谢客,谓"尚巧似";评颜诗,亦曰"尚巧似"。以下评鲍照曰:"善制形状写物之词。"殆亦"巧似"意也。达按,《宋书·谢灵运传论》谓:"自汉至魏,四百余年,辞人才子,文体三变。相如巧为形似之言,班固长于情理之说。"此言马、班之赋。陆机《文赋》:"赋体物而浏亮。""巧似"亦"体物"之义也。

③体裁绮密:《宋书·谢灵运传论》云:"爰逮宋氏,颜、谢腾声,灵运之兴会标举,延年之体裁明密,并方轨前秀,垂范后昆。"可见以延年诗"体裁绮密"乃当时通论也。绮密,华丽深密。

④情喻渊深:情致托喻深远。

⑤动无虚散:谓颜诗无散漫芜累之病。清何焯《义门读书记》卷四十七评颜诗谓:"丽不病芜。"陈延杰《诗品注》卷中云:"颜诗缘情而发,又颇自检束,故动无虚散焉。"动,动辄、每每。

⑥一句一字,皆致意焉:谓一句一字皆致文意。亦"动无虚散"之义也。清刘熙载《艺概·诗概》谓:"字字称量而出,无一苟下也。"

⑦喜用古事：古事，典故。宋张戒《岁寒堂诗话》卷一："诗以用事为博，始于颜光禄。"

⑧弥见拘束：更加显得不自然、做作。弥，越加。拘束，即《诗品序》所谓"句无虚语，语无虚字，拘挛补衲"之意。在引典入诗方面，钟嵘在《诗品序》中批评过颜延之，其云："观古今胜语，多非补假，皆由直寻。颜延、谢庄，尤为繁密。于时化之，故大明、泰始中，文章殆同书抄。"

⑨虽乖秀逸，是经纶文雅才：虽然背离了诗歌秀美轻逸的原则，但也是宏博富健文才的表现。义同《诗品序》："词既失高，则宜加事义，虽谢天才，且表学问。"经纶，《易·屯》："云雷屯，君子以经纶。"《疏》："经谓经纬；纶谓绳纶。"《梁书·王瞻传》史臣曰："洎东晋王弘茂经纶江左，时人方之管仲。"经纶，治理的意思。文雅才，泛指艺文礼乐之才能。

⑩雅才减若人两句：意谓假若经纶文雅之才不如颜延之，则陷于窘迫了。雅才，即上文"经纶文雅才"。若人，此人。蹈，踏进、陷入。困踬（zhì），困顿、窘迫。

⑪汤惠休日四句：明许学夷《诗源辩体》卷七第十五条云："《南史》载：延年尝问鲍照，己与灵运优劣。照曰：'谢五言如初发芙蓉，自然可爱；君诗若铺锦列绣，亦雕缋满眼。'汤惠休亦云：'谢诗如芙蓉出水，颜诗如错彩镂金。'岂当时以艰涩深晦者为铺锦镂金耶？然延年较灵运，其妙合自然者虽不

可得，而拙处亦少。观其集当知之。"错彩镂金，指诗歌雕饰工丽。错，涂饰也。

译文

颜延之的诗渊源于陆机。喜欢巧妙地描绘景物。诗体华美繁密，情致寄托深远。行文无散漫芜累之病。一字一句，都有具体内容。又喜爱用典故，越发显得不自然。虽然违背了诗歌秀美轻逸的要求，也算是博学宏才的表现。倘若雅才不如他，那就会陷入窘迫之境了。汤惠休说："谢灵运诗像荷花出水，颜延之诗涂彩雕金。"颜延之一辈子感到遗憾！

附录

五君咏五首（选二首） 颜延之

阮步兵

阮公虽沦迹，识密鉴亦洞。
沉醉似埋照，寓词类托讽。
长啸若怀人，越礼自惊众。
物故不可论，途穷能无恸？

嵇中散

中散不偶世，本自餐霞人。

形解验默仙，吐论知凝神。
立俗迕流议，寻山洽隐沦。
鸾翮有时铩，龙性谁能驯？

宋豫章太守谢瞻　宋仆射谢混
宋太尉袁淑　宋征君王微
宋征虏将军王僧达

题解

谢瞻，字宣远。一名檐，字通远。陈郡阳夏人。宋黄门郎，以弟晦权贵，求为豫章太守。瞻，谢灵运之兄，谢混为其族叔。《宋书·谢瞻传》称："瞻善于文章，辞采之美，与族叔混、族弟灵运相抗。"有五言诗六篇传世。

谢混，字叔源，陈郡阳夏人。为尚书右仆射，以党刘毅，为刘裕所杀。《南史·谢混传》云："混风格高峻，少所交纳，唯与族子灵运、瞻、晦、曜以文义赏会。尝居在乌衣巷，故谓之乌衣之交。"现存五言诗四首。诗风华绮。

袁淑，字阳源，陈郡阳夏人。彭城王起为祭酒，后迁至左卫率府。孝武立，赠侍中太尉。后为刘劭所害。现存五言诗五首。明张溥《汉魏六朝百三家集·袁忠宪集题辞》云："文采遒艳，才辩鲜及……诗章虽寡，其摹古之篇，风气竟逼建安。此人不死，颜谢未必能出其上也。"卒年四十六。清何焯《义门读书记》卷四十七评其《效曹子建乐府白马篇》曰："音节悲壮，近太冲。"

王微，字景玄，琅琊临沂人。初为始兴王友，除南平王铄右军咨议参军。微素无宦情,并陈疾不就。江湛举为吏部郎。陈延杰《诗品注》卷中云:"王微诗颇婉曲。"现存五言诗五首。

王僧达,琅琊临沂人。元嘉中为始兴王后军参军,后为征虏将军。以屡犯上颜,于狱中死。年三十六。现存五言诗四首。陈延杰《诗品注》卷中称:"王僧达则著意追琢。"

原文

其源出于张华①。才力苦弱,故务其清浅,殊得风流媚趣②。课其实录③,则豫章、仆射,宜分庭抗礼④。征君、太尉,可托乘后车⑤。征虏卓卓,殆欲度骅骝前⑥。

注释

①其源出于张华:谓五人同源,共出于茂先也。达按,《诗品》卷中评张华曰:"其体华艳,兴托不奇。巧用文字,务为妍冶。"评谢瞻等五人则曰:"殊得风流媚趣。"其实一也。又,评张华则引谢康乐语云:"张公虽复千篇,犹一体耳。"此亦"才力苦弱"之谓也。

②才力苦弱三句:谓五人诗,才力不逮,故务为清新浅近之作,然亦具风流娇媚之趣。

③课其实录:从诗歌的实际成就来考察。课,责、求、考察。实录,符合实际的记载。《汉书·司马迁传赞》:"其文直,其

事核,不虚美,不隐恶,故谓之实录。"

④豫章、仆射,宜分庭抗礼:言谢瞻、谢混诗难分高下。分庭抗礼,原指以平等礼节相见,后引申为地位平等之意。"抗"亦作"伉"。

⑤后车:《诗经·小雅·绵蛮》:"命彼后车,谓之载之。"指副车、侍从之车。

⑥征虏卓卓两句:卓卓,特立、突出之貌。《世说新语·容止》:"嵇延祖卓卓如野鹤之在鸡群。"骅骝(huáliú),赤色骏马,亦名枣骝。度,过、越。

译文

谢瞻等五人诗,都渊源于张华。他们苦于才力不足,所以努力在清新浅近方面下工夫,很有风流娇媚的情趣。考察他们的实际诗歌成就,可以说:谢瞻、谢混,难分高下;王微、袁淑,只能殿后;王僧达最为突出,当越居骏马群之前列。

附录

答灵运　谢瞻

夕霁风气凉,闲房有余清。
开轩灭华烛,月露皓已盈。
独夜无物役,寝者亦云宁。

忽获《愁霖》唱，怀劳奏所成。
叹彼行旅艰，深兹眷言情。
伊余虽寡慰，殷忧暂为轻。
牵率酬嘉藻，长揖愧吾生。

游西池　谢混

悟彼蟋蟀唱，信此劳者歌。
有来岂不疾，良游常蹉跎。
逍遥越城肆，愿言屡经过。
回阡被陵阙，高台眺飞霞。
惠风荡繁囿，白云屯曾阿。
景昃鸣禽集，水木湛清华。
褰裳顺兰沚，徙倚引芳柯。
美人愆岁月，迟暮独如何？
无为牵所思，南荣戒其多。

效古　袁淑

讯此倦游士，本家自辽东。
昔隶李将军，十载事西戎。

结车高阙下,极望见云中。
四面各千里,纵横起严风。
寒燠岂如节,霜雨多异同。
夕寐北河阴,梦还甘泉宫。
勤役未云已,壮年徒为空。
乃知古时人,所以悲转蓬。

杂诗二首(选一首) 王微

思妇临高台,长想凭华轩。
弄弦不成曲,哀歌送苦言。
箕帚留江介,良人处雁门。
诅忆无衣苦,但知狐白温。
日暗牛羊下,野雀满空园。
孟冬寒风起,东壁正中昏。
朱火独照人,抱景自愁怨。
谁知心曲乱,所思不可论。

和琅琊王依古 王僧达

少年好驰侠,旅宦游关源。

既践终古迹,聊讯兴亡言。
隆周为薮泽,皇汉成山樊。
久没离宫地,安识寿陵园。
仲秋边风起,孤蓬卷霜根。
白日无精景,黄沙千里昏。
显轨莫殊辙,幽涂岂异魂。
圣贤良已矣,抱命复何怨?

宋法曹参军谢惠连

题解 谢惠连，陈郡阳夏人。丹阳尹方明子。元嘉中，惠连为司徒彭城王义康法曹行参军。时人以与族兄谢灵运并称"大小谢"。惠连十岁能属文，书画并妙。《南史·谢惠连传》曰："灵运见其新文，每曰：'张华重生，不能易也。'"明张溥《汉魏六朝百三家集·谢法曹集题辞》云："诗则《秋怀》《捣衣》二篇居最。"今存诗三十二首，其中五言诗二十四首，五言散句若干。卒时年仅三十七。

原文 小谢才思富捷①。恨其兰玉凤凋，故长辔未骋②。《秋怀》《捣衣》之作，虽复灵运锐思，亦何以加焉③。又工为绮丽歌谣，风人第一④。《谢氏家录》云："康乐每对惠连，辄得佳语。后在永嘉西堂，思诗竟日不就，寤寐间，忽见惠连，即成'池塘生春草'。故常云：'此语有神助，非我语也⑤。'"

注释 ①才思富捷：文才富足，诗思敏捷。
②恨其兰玉凤凋两句：谢惠连三十七岁去世，故曰"兰玉凤凋，长辔未骋"。恨，遗憾。兰玉，对别人优秀子弟的誉称。

《世说新语·言语》："譬如芝兰玉树，欲使其生于阶庭耳。"兰玉，即"芝兰玉树"之简说。凤凋，早谢、早死。《诗经·召南·行露》："岂不夙夜，谓行多露。"《笺》："夙，早也。"长辔未骋，原意为前程尚远而未及驰骋。这里是说惠连才思富捷，而偏早逝，才能未及充分展现。辔（pèi），马缰绳。

③《秋怀》《捣衣》之作三句：明张溥《汉魏六朝百三家集·谢法曹集题辞》云："《雪赋》虽名高丽，与希逸《月赋》，仅雁序耳。诗则《秋怀》《捣衣》二篇居最，《诗品》云：'康乐锐思，无以复加。'若《西陵遇风》则非敌矣。"又云："小谢虽才，得兄益显。"达按，"大小谢"虽齐名并称，实小谢稍逊大谢，清何焯《义门读书记》卷四十六评小谢《西陵遇风献康乐》诗曰："清便婉转。此等语，亦复宪章陈王。但比之康乐为差弱耳。"锐思，思路敏锐。何以加焉，无以复加之意。

④又工为绮丽歌谣两句：谢惠连今存乐府诗十四首，"绮丽歌谣"云云，盖指此。达按，谢惠连《塘上行》"垂颖临清池，擢彩仰华甍。沾渥云雨润，葳蕤吐芳馨"等句，可谓"绮丽"矣。风人，诗人。古之采诗官，曰风人。此专指歌谣、乐府之作者。

⑤《谢氏家录》云等十一句：宋叶梦得《石林诗话》卷下云："'池塘生春草，园柳变鸣禽'，世多不解此语为工，盖欲以奇求之耳。此语之工，正在无所用意，猝然与景相遇，借以成

章,不假绳削,故非常情所能到。诗家妙处,当须以此为根本,而思苦言难者,往往不悟。"寤寐(wùmèi),梦寐。

译文

小谢的文才诗思,富足而敏捷。可惜的是慧才而早逝,所以说人未尽才。他的《秋怀》《捣衣》之作,纵使谢灵运思路敏锐,也不会写得更好了。又擅长写作华丽的乐府歌谣体,在乐府诗人中要算首屈一指的了。《谢氏家录》说:"谢灵运每逢面对谢惠连,往往便得佳句。后来在永嘉西堂,想作诗而终日未成。睡梦中,忽然见到谢惠连,便得'池塘生春草'句。所以谢灵运常说:'该句诗有神灵相助,不是我自己想出来的。'"

附录　捣衣　谢惠连

衡纪无淹度,晷运倏如催。
白露滋园菊,秋风落庭槐。
肃肃莎鸡羽,烈烈寒螀啼。
夕阴结空幕,霄月皓中闺。
美人戒裳服,端饰相招携。
簪玉出北房,鸣金步南阶。

槅高砧响发，楹长杵声哀。
微芳起两袖，轻汗染双题。
纨素既已成，君子行未归。
裁用筍中刀，缝为万里衣。
盈箧自余手，幽缄候君开。
腰带准畴昔，不知今是非。

宋参军鲍照

题解 鲍照,字明远。本上党人,居东海。宋元嘉中,临川王义庆爱其才,以为国侍郎,又为始兴王濬侍郎。孝武即位,除临海王子顼前军参军,掌书记,世号鲍参军。江陵乱,子顼败,为乱军所杀。鲍照才秀人微,史不立传,《宋书》《南史》并附于《临川烈武王道规传》后。宋严羽《沧浪诗话·诗评》第十三条曰:"颜不如鲍,鲍不如谢。"谓明远居于谢、颜之间。明许学夷《诗源辩体》卷七第二十三条曰:"谢灵运经纬绵密,鲍明远步骤轶荡。明远五言如《数诗》《结客》《蓟门》《东武》等篇,在灵运之上。然灵运体尽俳偶,而明远复渐入律体。但灵运体虽俳偶而经纬绵密,遂自成体;明远本步骤轶荡,而复入此窘步,故反伤其体耳。以全集观,当自见矣。沧浪谓'颜不如鲍,鲍不如谢',正以此也。"明张溥辑有《鲍参军集》。鲍照出身寒门,有志难酬,故其诗作时有怀才不遇、愤世疾俗之叹。

原文 其源出于二张①。善制形状写物之词②。得景阳之诙诡③,含茂先之靡嫚④。骨节强于谢混⑤,驱迈疾于颜延⑥。总四家而擅美⑦,跨两代而孤出⑧。嗟其才秀人微，故取湮当代⁹。然贵尚巧似，不避危仄⁰，颇伤清雅之调。故言险俗者，多以附照⁰。

注释

①其源出于二张：二张，指张协、张华。下文谓"得景阳之諔诡，含茂先之靡嫚"，可以为证。

②形状写物：形容其状态，摹写其物情。指描写景物之形貌。

③得景阳之諔诡（chùguǐ）：清何焯《义门读书记》卷四十七评明远《东门行》谓："直追十九首，又近景阳。鲍诗中过事夸饰，奇之又奇。"清刘熙载《艺概·诗概》亦谓："景阳诗开鲍明远。"諔诡，奇异。

④含茂先之靡嫚：清何焯《义门读书记》卷四十七评明远乐府诗曰："诗至明远，已发露无余，李、杜、元、白，皆从此出也。钟记室谓其'含景阳之諔诡，兼茂先之靡嫚'，知之最深。然亦具太冲之瑰奇。"明胡应麟《诗薮·外编》卷二曰："宋人一代，康乐外，明远信为绝出。上挽曹、刘之逸步，下开李、杜之先鞭。第康乐丽而能淡，明远丽而稍靡。淡故居晋、宋之间，靡故涉齐、梁之轨。"《诗品》评张华谓："儿女情多，风云气少。"鲍照诗亦趋华靡柔美一派。靡嫚，华靡轻缓。

⑤骨节强于谢混：明许学夷《诗源辩体》卷七第二十五条曰："明远五言，如'蔓草缘高隅，修杨夹广津。迅风首旦发，平

路塞飞尘。''鸡鸣洛城里，禁门平旦开。冠盖纵横至，车骑四方来。''骢马金络头，锦带佩吴钩。失意杯酒间，白刃起相雠。''严秋筋竿劲，虏阵精且强。天子按剑怒，使者遥相望。''疾风冲塞起，沙砾自飞扬。马毛缩如猬，角弓不可张。'等句，最为轶荡，其气象已近李杜。……较之颜谢，如释险阻而就康庄矣。"此亦见骨力也。达按,《诗品》评谢混"才力苦弱"，鲍照宜在其上。

⑥驱迈疾于颜延：明许学夷《诗源辩体》卷七第二十四条谓："明远乐府五言，步骤轶荡。"《诗品》评颜延之曰："又喜用古事，弥见拘束。"驱迈疾于颜延，谓鲍照诗奇矫无前，强于颜诗。驱迈，驱驰迈越。疾，快、急速。

⑦擅美：独擅其美。《宋书·谢灵运传论》："相如巧为形似之言，班固长于情理之说，子建、仲宣以气质为体，并标能美，独映当时。"

⑧跨两代而孤出：两代，指宋、齐两代。谓鲍照兼善四家之长，故能孤出于宋、齐两代也。孤出，独立突出。

⑨取湮当代：见湮于南朝刘宋一代。达按,《南史》《宋书》不列照传。

⑩危仄：即险仄。陈延杰《诗品注》卷中云："明远藻思绮合，信为绝出，尤独擅古乐府，真天才也！唯颇喜巧琢，流于险仄，是其所短也。"

⑪故言险俗者两句：《南齐书·文学传论》总论当时诗风，概而为三体，其三曰："次则发唱惊挺，操调险急，雕藻淫艳，倾炫心魂，亦犹五色之有红紫，八音之有郑卫，斯鲍照之遗烈也。"此言明远肇其始而后人推至极致矣。

译文

鲍照的诗源于张协、张华。他善于写形容情状、描绘物貌的诗作。他继承了张协的奇异，融汇了张华的绮靡。骨力强于谢混，奔逸过于颜延年。兼有四家之长而独专其美，他的诗跨宋、齐两代而独立标举。可叹他诗才秀慧而出身低微，所以不被当时人所看重。只是他过于重视景物描写的逼真，不避操调险急狷狭，影响到清和雅正的格调。以致后来主张险仄的世俗之徒，大多依附鲍照。

附录　代出自蓟北门行　鲍照

羽檄起边亭，烽火入咸阳。
征骑屯广武，分兵救朔方。
严秋筋竿劲，虏阵精且强。
天子按剑怒，使者遥相望。
雁行缘石径，鱼贯度飞梁。

箫鼓流汉思,旌甲被胡霜。
疾风冲塞起,沙砾自飘扬。
马毛缩如猬,角弓不可张。
时危见臣节,世乱识忠良。
投躯报明主,身死为国殇。

拟古诗八首(选一首) 鲍照

束薪幽篁里,刈黍寒涧阴。
朔风伤我肌,号鸟惊思心。
岁暮井赋讫,程课相追寻。
田租送函谷,兽藁输上林。
河渭冰未开,关陇雪正深。
笞击官有罚,呵辱吏见侵。
不谓乘轩意,伏枥还至今。

齐吏部谢朓

题解 谢朓,字玄晖,陈郡阳夏人。初为隋王萧子隆文学。明帝辅政,朓领记室,出为宣城太守。后迁尚书史部郎。朓善草隶,长五言诗,以山水风景诗最为出色,风格清新秀丽,并重声律,为"永明体"主要作家之一,谢朓诗甚为时人及后人重视,梁简文帝《与湘东王书》云:"至如近世谢朓、沈约之诗……实文章之冠冕,述作之楷模。"《南齐书·谢朓传》引沈约语曰:"二百年来无此诗也。"唐孟棨《本事诗》云:"梁高祖重谢朓诗,曰:'三日不读谢诗,便觉口臭。'"唐代大诗人李白深慕谢朓诗,于其诗中时时提及。如《酬殷明佐见赠五云裘歌》:"我吟谢朓诗上语,朔风飒飒吹飞雨。"《宣州谢朓楼饯别校书叔云》:"蓬莱文章建安骨,中间小谢又清发。"《送储邕之武昌》:"诺谓楚人重,诗传谢朓清。"等等。清沈德潜《古诗源》云:"玄晖灵心秀口,每诵名句,渊然泠然,觉笔墨之中,笔墨之外,别有一段深情妙理。"朓年三十六而终,惜其早夭。

原文 其源出于谢混,微伤细密,颇在不伦①。一章之中,自有玉石②。然奇章秀句,往往警遒③。足使叔源失步,明远变色④。善自发诗端,而末篇多踬⑤。此意锐而才弱也⑥。至为后进士子之所嗟慕⑦。朓极与余论诗,感激顿挫过其文⑧。

注释

①其源出于谢混三句:意谓谢朓诗祖源于谢混,然较之谢混,又过为雕琢对仗,所以从表面上看,似乎又不像谢混。微伤,稍累于。细密,言平仄、对仗,声韵之繁密,不若谢混清浅。不伦,不类、不像。

②一章之中,自有玉石:《尚书·胤征》:"火炎崑冈,玉石俱焚。"玉石喻好坏。谓谢朓诗一篇之中,自有佳句,亦有芜累之句也。清何焯《义门读书记》卷四十六评玄晖《暂使下都夜发新林至京邑赠西府同僚》诗曰:"玄晖俊句为多,然求其一篇尽善,盖不易得。"又曰:"玄晖'一章之中,自有玉石'等语,钟记室抑扬之词,不可据也。其名章如此诗,尚捶掇未尽耳。"盖一则承认其未能"一篇尽善";一则批评钟嵘求全责备。达按,郭绍虞《宋诗话辑佚》辑宋范温《潜溪诗眼》第十三条曰:"老杜诗凡一篇皆工拙相半,古人文章类如此。皆拙,固无取;使其皆工,则峭急无古气,如李贺之流是也。"宋张戒《岁寒堂诗话》卷上曰:"王介甫只知巧语之为诗,而不知拙语亦诗也;山谷只知奇语之为诗,而不知常语亦诗也。"金赵秉文《滏水集》卷二十《题南麓书后》曰:"'岱宗夫如

何?齐鲁青未了'。'夫如何'三字几不成语,然非三字无以成下句有数百里之气象;若上句俱雄丽,则一李长吉耳。"陆机《文赋》深谙其理,曰:"彼榛楛之勿剪,亦蒙荣于集翠;缀《下里》于《白雪》,吾亦济夫所伟。"钱钟书《管锥编》第三册1201页谓:"争妍竞秀,络绎不绝,则目炫神疲,应接不暇。"何焯批评,理有未当也。

③然奇章秀句,往往警道:谓谢朓诗,时有警策。奇章,亦秀句也。达按,玄晖诗如"日出众鸟散,山暝孤猿吟""天际识归舟,云中辨江树""大江日夜流,客心悲未央""金波丽鳷鹊,玉绳低建章""风动万年枝,日华承露掌""余霞散成绮,澄江静如练""朔风吹飞雨,萧条江上来"等句,均为奇章秀句,千古传颂。警道,警拔,有力。

④足使叔源失步两句:谓谢朓的奇章秀句使谢混、鲍照惊讶不已,自愧弗如。失步,错乱步态。变色,大惊失色。

⑤善自发诗端两句:明杨慎《升庵诗话》卷二曰:"五言律起句最难,六朝人称谢朓工于发端。如'大江流日夜,客心悲未央',雄压千古矣。"谢朓诗往往起句妙绝,而结句蹇碍,未能始终。踬,窘迫。此处有不流畅之意。

⑥此意锐而才弱也:诗思敏锐而才力不足。明许学夷《诗源辩体》卷八第七条引王元美语曰:"玄晖特不如灵运者,匪直才力小弱。灵运语俳而气古,玄晖调俳而气今。"

⑦为后进士子之所嗟慕:《诗品序》云:"次有轻薄之徒,笑曹、刘为古拙。谓鲍照羲皇上人,谢朓今古独步。"可见齐、梁之间对鲍、谢诗之推崇。

⑧朓极与余论诗两句:谢朓屡与钟嵘论及诗歌。钟嵘以为,谢朓论诗激昂奋谈,抑扬有数,超过他的诗歌创作。即诗论胜于诗作。顿挫,抑扬也。极,通"亟",屡也。感激,感动、激发。钱钟书《管锥编》第1449页曰:"《诗品》中评谢朓:'朓极与余论诗,感激顿挫过其文。'按谓朓论诗胜于其作诗也,'文'即指诗……嵘掎摭利病,而所作篇什无只字传世,当时亦未有诵说及之者;其评谢、陆,盖不啻夫子自道矣。"

译文 谢朓的诗渊源于谢混,稍碍于精雕细刻,有些不太像谢混。他的诗,一首之中瑜瑕互见;但华章秀句,往往挺拔有力。足以使谢混望而却步,令鲍照面有愧色。他作诗长于起句,而结句往往受挫。这是因为诗思敏捷而才力不足的缘故。他最为诗坛后起之士所嗟叹钦慕。谢朓常常同我议论诗歌,他慷慨激昂、抑扬褒贬,超过了他的诗作。

附录

暂使下都夜发新林至京邑赠西府同僚 谢朓

大江流日夜,客心悲未央。
徒念关山近,终知返路长。
秋河曙耿耿,寒渚夜苍苍。
引领见京室,宫雉正相望。
金波丽鳷鹊,玉绳低建章。
驱车鼎门外,思见昭丘阳。
驰晖不可接,何况隔两乡?
风云有鸟路,江汉限无梁。
常恐鹰隼击,时菊委严霜。
寄言罻罗者,寥廓已高翔。

之宣城郡出新林浦向板桥 谢朓

江路西南永,归流东北骛。
天际识归舟,云中辨江树。
旅思倦摇摇,孤游昔已屡。
既欢怀禄情,复协沧洲趣。
嚣尘自兹隔,赏心于此遇。
虽无玄豹姿,终隐南山雾。

齐光禄江淹

题解

江淹,字文通,济阳考城人。历仕南朝宋、齐、梁三代。梁时官至金紫光禄大夫,封醴陵侯。淹出身孤寒,少而沈敏,六岁能属诗。及长,爱奇尚异。自以孤贱,励志笃学,洎于强仕,渐得声誉。以文章见称于世。晚年才思衰退,诗文并无佳句,时人谓之"江郎才尽"。明人张溥辑有《江醴陵集》。江淹善为拟古之作,有《杂体诗》三十首。明胡应麟《诗薮·外编》卷二谓:"文通拟汉三诗俱远。独魏文、陈思、刘桢、王粲四作,置之魏风莫辨,真杰思也。"清刘熙载《艺概·诗概》则曰:"江文通诗,有凄凉日暮,不可如何之意,此诗之多情而人之不济也。虽长于杂拟,于古人苍壮之作亦能肖吻,究非其本色耳。"人之禀性各异,文通善于杂拟,亦出自天性而成于巧力,所谓寸有所长者也。

原文

文通诗体总杂,善于摹拟①。筋力于王微,成就于谢朓②。初,淹罢宣城郡③,遂宿冶亭④,梦一美丈夫,自称郭璞,谓淹曰:"吾有笔在卿处多年矣,可以见还⑤。"淹探怀中,得五色笔以授之。尔后为诗,不复成语,故世传江淹才尽⑥。

注释

①文通诗体总杂两句：萧统《昭明文选》卷三十一，有江淹《杂体诗三十首》，其《序》云："关西、邺下，既已罕同，河外、江南，颇为异法。……今作三十首诗，效其文体，虽不足品藻源流，庶亦无乖商榷云尔。"陈延杰《诗品注》卷中曰："文通杂体三十首，纯以为拟古者，学一人，象一人，信可品藻渊流也。"总杂，错综复杂。

②筋力于王微，成就于谢朓：谓江淹诗骨力得诸王微，成就近乎谢朓。钟嵘评王微曰："才力苦弱，故务其清浅，殊得风流媚趣。"可见筋力亦有限耳。钟嵘评谢朓曰："奇章秀句，往往警遒。"指其体物之妙也。清何焯《义门读书记》卷四十六评淹《从冠军建平王登庐山香炉峰》亦云："极体物之奇。""成就于谢朓"，抑或指此？陈延杰《诗品注》卷中云："文通诗亦能极体物之奇，而声调格律，皆逼肖谢朓，故钟氏谓成就于谢朓者，差近之。"筋力，犹言骨力。

③罢宣城郡：被免去宣城太守。罢，免官。

④冶亭：在今南京冶城。

⑤可以见还：可将笔退还。以，将、把。见还，"还之"被动式，索还。

⑥江淹才尽：亦称江郎才尽。事亦见《南史·江淹传》："尝宿于冶亭，梦一丈夫，自称郭璞，谓淹曰：'吾有笔在卿处多年，可以见还。'淹乃探怀中，得五色笔一以授之。尔后为诗，绝

无美句，时人谓之才尽。"明胡应麟《诗薮·外编》卷二于此持异义，曰："人之才固有尽时，精力疲，志意息，而梦征焉。其梦，衰也；其衰，非梦也。彦升与沈竞名，亦曰才尽，岂张、郭为祟耶？"

译文　江淹的诗，文体风格多而繁杂，擅长于摹拟。他的诗学得王微的骨力，吸取谢朓的成就。起先，江淹免除宣城太守之职，随后寄宿于建康冶亭。梦见一个英俊男子，自称是郭璞，对江淹说："我有一支笔在您处已多年，该把它还我了。"江淹以手探怀，摸出五色笔一支交还他。此后作诗，不成诗句，所以社会上流传着"江郎才尽"之说。

附录　**杂体诗三十首（选二首）**　江淹

阮步兵

青鸟海上游，鹥斯蒿下飞。
沈浮不相宜，羽翼各有归。
飘飖可终年，沆瀁安是非。
朝云乘变化，光耀世所希。
精卫衔木石，谁能测幽微？

陶征君

种苗在东皋,苗生满阡陌。
虽有荷锄倦,浊酒聊自适。
日暮巾柴车,路暗光已夕。
归人望烟火,稚子候檐隙。
问君亦何为,百年会有役。
但愿桑麻成,蚕月得纺绩。
素心正如此,开径望三益。

梁卫将军范云　梁中书郎丘迟

题解　范云，字彦龙，南乡舞阴人。仕宋为郢州西曹书佐，转法曹行参军。齐初，为竟陵王府主簿。梁受禅，迁散骑常侍、吏部尚书，封霄城县侯。病卒，赠侍中卫将军。年五十三。明许学夷《诗源辩体》卷九第二条曰："范云五言，在齐梁间声气独雄。永明以后，梁武取调，范云取气。"

丘迟，字希范，吴兴人。曾为徐州从事。梁武帝践祚，拜中书郎，迁司空从事中郎。卒年四十五。迟八岁能属文，辞采丽逸。其《与陈伯之书》，泣血之意，出自肺腑，情真意切，声文并茂。明人张溥辑有《丘中郎集》。清何焯《义门读书记》卷四十七评其诗曰："步趋康乐而未届精微。所工特模范间矣。体物工矣，兴象不逮。"

原文　范诗清便宛转，如流风回雪[1]。丘诗点缀映媚，似落花依草[2]。故当浅于江淹，而秀于任昉[3]。

注释　[1]范诗清便宛转两句：清便，清新、便捷。宛转，曲折多致。流风回雪，一似雪花之随风流转，轻逸飞舞状。清何焯《义门读书记》卷四十六评其《赠张徐州稷》云："'疑是徐方牧'

八句,流风回雪。记室固最得其如此。"见附录。

②丘诗点缀映媚两句:点缀,妆点、衬托。映媚,相映为媚。落花依草,花瓣落地,依附于草间,亦点缀为美之意。陈延杰《诗品注》卷中云:"丘诗模山范水,辞采丽逸,恰似落花依草也。"

③浅于江淹,而秀于任昉:《南史·丘迟传》云:"时有钟嵘著《诗评》云:'范云婉转清便,如流风回雪,迟点缀映媚,似落花依草。虽取贱文通,而秀于敬子。'其见称如此。"达按,敬子为任昉谥号。明张溥《汉魏六朝百三家集·丘中郎集题辞》曰:"钟仲伟《诗评》云:'希范取贱文通,秀于敬子。'余未唯唯。或其时尚循沈诗任笔之称,遂轻高下耳。"张溥以为丘迟诗未必胜于任昉。

译文 范云的诗清新便捷,曲折有致,好像风回雪舞,丘迟的诗妆点衬托,相映成辉,一似碧草着花。所以,他们二人的诗,应当比江淹略浅,而比任昉秀美。

附录 **赠张徐州稷** 范云

田家樵采去,薄暮方来归。
还闻稚子说,有客款柴扉。

傧从皆珠玳，裘马悉轻肥。
轩盖照墟落，传瑞生光辉。
疑是徐方牧，既是复疑非。
思旧昔言有，此道今已微。
物情弃疵贱，何独顾衡闱。
恨不具鸡黍，得与故人挥。
怀情徒草草，泪下空霏霏。
寄书云间雁，为我西北飞。

旦发渔浦潭　丘迟

渔潭雾未开，赤亭风已飏。
棹歌发中流，鸣鞞响沓障。
村童忽相聚，野老时一望。
诡怪石异象，崭绝峰殊状。
森森荒树齐，析析寒沙涨。
藤垂岛易陟，岸倾屿难傍。
信是永幽栖，岂徒暂清旷。
坐啸昔有委，卧治今可尚。

梁太常任昉

题解

任昉，字彦升，乐安人。历仕宋、齐、梁三朝。梁武帝时为黄门侍郎，出任义兴新安太守。昉四岁，能诵诗数十首，十六岁举秀才第一，辞章之美，冠绝当时。擅长表、奏等各体散文，当时有"沈诗任笔"之称。卒年四十九。明张溥辑有《任彦升集》。

原文

彦升少年为诗不工，故世称"沈诗任笔"①，昉深恨之。晚节爱好既笃，文亦遒变②。善铨事理③，拓体渊雅④，得国士之风⑤。故擢居中品⑥。但昉既博物，动辄用事，所以诗不得奇。少年士子，效其如此，弊矣⑦！

注释

①彦升少年为诗不工两句：谓任昉少年时不善诗，独善文，故世有"沈诗任笔"之称。《南史·任昉传》曰："昉雅善属文，尤长载笔，才思无穷。"明张溥《汉魏六朝百三家集·任彦升集题辞》云："《昭明文选》载彦升令、表、序、状、弹文，生平笔长，可悉推见。"达按，《文选》所载任昉策问一，表五，书三，弹事二，笺二，序一，墓志一，行状一。沈约善诗，

见《诗品》卷中沈休文评语,谓"观休文众制,五言最优"。故时有"沈诗任笔"之说。又,刘勰《文心雕龙·总术》云:"今之常言,有文有笔,以为无韵者笔也,有韵者文也。"

②文亦遒变:文,当指诗。遒变,变得遒劲有力。

③善铨事理:意谓在诗中善于铨衡人情物理,即渐诣诗歌写作之特点。

④拓体渊雅:拓体,将诗体开拓、发展。渊雅,已见嵇康注。

⑤得国士之风:有国士无双之风度。国士,国中才能出众之人。

⑥故擢(zhuó)居中品:故,承上文之词。意谓若非晚节爱好,拓体渊雅,则不能列中品。擢,选拔。居,位列。

⑦昉既博物六句:谓任昉作诗,勤于用事,故未能称善。然当时新进子弟,辄效其用事,有走火入魔之弊矣。《南史·任昉传》曰:"(昉)以文才见知,时人云'任笔沈诗'。昉闻,甚以为病。晚节转好著诗,欲以倾沈。用事过多,属词不得流便,自尔都下士子慕之,转为穿凿,于是有才尽之谈矣。"又,钟嵘《诗品序》曰:"近任昉、王元长等,辞不贵奇,竟须新事。尔来作者,浸以成俗。"可互相参证。

译文 任昉少年时作诗不佳,因此社会上称"沈诗任笔",任昉深感遗憾。晚年爱诗甚深,诗风也变得劲健有力,善于铨析人情物理,诗体发展得深远雅正,颇有国士无双之风采。所以将他列入中品。但任昉既已博闻强记,写诗常常用典故,所以他的诗不算好。时下少年后进之士,都效法他的用典,大错特错啊!

附录

赠郭桐庐出溪口见候余既未至郭仍进村维舟久之郭生方至　任昉

朝发富春渚,蓄意忍相思。
涿令行春反,冠盖溢川坻。
望久方来萃,悲欢不自持。
沧江路穷此,湍险方自兹。
叠嶂易成响,重以夜猿悲。
客心幸自弭,中道遇心期。
亲好自斯绝,孤游从此辞。

梁左光禄沈约

题解

沈约，字休文，吴兴人。善属文，济阳蔡兴宗闻其才而善之，引为安西记室。梁兴，稍迁至侍中、丹阳尹、建昌侯，后转光禄大夫。卒年七十二。谥曰隐侯。《梁书·沈约传》谓其"所著《晋书》百一十卷，《宋书》百卷，《齐纪》二十卷，《高祖纪》十四卷，《迩言》十卷，《谥例》十卷，《宋文章志》三十卷，《文集》一百卷，皆行于世"。达按，今唯《宋书》列为正史独传，余皆亡佚。严可均《全梁文》辑沈约文八卷。《梁书·沈约传》曰："又撰《四声谱》，以为在昔词人累千载而不寤，而独得胸衿，穷其妙旨，自谓入神之作。"明胡应麟《诗薮·外编》卷二评其诗云："休文四声八病，首发千古妙诠，其于近体，允谓作者之圣，而自运乃无一篇，诸作材力有余，风神全乏。视彦升、彦龙，仅能过之。"

原文

观休文众制，五言最优①。详其文体，察其余论，固知宪章鲍明远也②。所以不闲于经纶，而长于清怨③。永明相王爱文④。王元长等，皆宗附之⑤。约于时，谢朓未遒，江淹才尽，范云名级故微，故约称独步⑥。虽文不至其工丽，亦一时之选也⑦。见重闾里,诵咏成音⑧。嵘谓约所著既多,今剪除淫杂,收其精要,允为中品之第矣⑨。故当词密于范,意浅于江也⑩。

注释

①观休文众制,五言最优:众制,指其众多之作品。达按,休文诗有四言、五言、杂言诸体。清何焯《义门读书记》卷四十六评沈约诗云:"清便婉转,自成永明以后风气。"

②详其文体三句:钟嵘谓沈约诗宪章鲍照,盖指其声病而言之也。钟嵘评鲍照诗,谓其"贵尚巧似,不避危仄,颇伤清雅之调"。沈约虽撰《四声谱》,倡言"四声八病"之说,而其诗亦蹈声病。明谢榛《四溟诗话》卷一曰:"沈隐侯《白马篇》云'停镳过上兰''轻举出楼兰',《缓声歌》云'瑶轸信陵空''羽辔已腾空',此二篇亦两'兰'字、'空'字为韵。夫隐侯始定声韵,为诗家楷式,何乃自重其韵,使人借为口实?所谓'萧何造律,而自犯之'也。"言其自拘声病也。详其文体,详观其诗歌体裁。察其余论,指察其诗歌声律之论。

③所以不闲于经纶两句:谓沈约无碍于博学多识,作诗以清怨见长。此正与颜延之相反。颜延之"虽乖秀逸,是经纶文雅才"。闲,作阻碍解。汉扬雄《太玄经》二《亲》:"亲非其肤……中心闲也。"宋司马光《注》:"闲者,隔碍不通之谓。"清怨,清幽、怨悱。

④永明相王：即竟陵王萧子良。

⑤王元长等，皆宗附之：《南史·陆厥传》云："时盛为文章，吴兴沈约，陈郡谢朓，琅邪王融，以气类相推毂。汝南周颙善识声韵。约等文皆用宫商，将平上去入四声，以此制韵，有平头、上尾、蜂腰、鹤膝。五字之中，音韵悉异，两句之内，角徵不同，不可增减，世呼为'永明体'。"王元长，王融字。宗附，宗奉依附。

⑥约于时四句：谢朓未遒，钟嵘评谢朓谓："奇章秀句，往往警遒。"未遒，犹言谢朓尚未以诗成名。江淹才尽，犹言沈约步入诗坛时，江淹已老矣。范云名级故微，范云诗名本微。故约称独步，所以沈约处诗坛领衔地位。此四语隐含贬义，非休文之能也，是时之有利也。名级故微：名级，名声之次第也；故微，本分就微弱。

⑦文不至其工丽两句：诗未达到完善华丽之程度，也是一个时代的代表。选，选手、代表。这里选是名词，非动词。

⑧见重闾里，诵咏成音：谓沈约声律之说为乡里所欢迎，传诵而为诗。此即《诗品序》所云："王元长创其首，谢朓、沈约扬其波。三贤或贵公子孙，幼有文辩。于是士流景慕，务为精密，襞积细微，专相凌架。故使文多拘忌，伤其真美。……至平上去入，则余病未能，蜂腰鹤膝，闾里已具。"

⑨嵘谓四句：《南史·钟嵘传》云："嵘尝求誉于沈约，约拒之。

及约卒,嵘品古今诗,为评言其优劣……盖追宿憾,以此报约也。"明胡应麟《诗薮·外编》卷二云:"世以钟氏私憾,抑之中品,非也。"范文澜《文心雕龙注》卷七亦云:"《南史》喜杂采小说家言,恐不足据以疑二贤也。"

⑩词密于范,意浅于江:诗句用词比范云繁密,文意比江淹浅显。

译文

统观沈约的各类诗作,五言诗最好。端详他的文章风格,考察他的诗歌理论,确实可知是效法鲍照的。所以说,博学宏富并无碍于诗作,仍然可以清幽怨悱见长。竟陵王萧子良爱好文学,王融等人都宗奉归附于他。沈约处于谢朓尚未成名,江淹已经搁笔之际,范云本来名声不噪,所以当时沈约独步诗坛。纵然他的诗作称不上精工典丽,也是一个时期的代表人物。沈约被乡里间所推重,格律诗吟咏得很流畅。我以为,沈约所著诗虽然很多,现在删除庸音杂体,取其精当切要之作,也可以列为中品的等第。他的诗用词比范云繁密,而文意又比江淹肤浅。

附录　　游沈道士馆　沈约

秦皇御宇宙，汉帝恢武功。
欢娱人事尽，情性犹未充。
锐意三山上，托慕九霄中。
既表祈年观，复立望仙宫。
宁为心好道，直由意无穷。
曰余知止足，是愿不须丰。
遇可淹留处，便欲息微躬。
山嶂远重叠，竹树近蒙笼。
开衿濯寒水，解带临清风。
所累非外物，为念在玄空。
朋来握石髓，宾至驾轻鸿。
都令人径绝，唯使云路通。
一举陵倒景，无事适华嵩。
寄言赏心客，岁暮尔来同。

诗品卷下

汉令史班固　汉孝廉郦炎
汉上计赵壹

题解　班固，字孟坚，北地人。年九岁，能属文；长遂博贯载籍。后汉明帝时，除兰台令史，迁为郎，乃上《两都赋》，"盛称洛邑制度之美，以折西宾淫侈之论"。大将军窦宪出征匈奴，以固为中护军。宪败，固坐免官，遂死狱中。卒年六十一。有《汉书》传世。今存诗歌八首，散句若干，其中五言诗两首。钟嵘《诗品序》云："东京二百载中，唯有班固《咏史》，质木无文。"明许学夷《诗源辩体》卷三第六十二条亦曰："五言《咏史》一篇，则过于质直。"

郦炎，字文胜，范阳人。灵帝时，州郡辟命，皆不就。后风病，妻始产而惊死。妻家讼之，死狱中，年二十八。今存诗两首，皆五言，《广文选》题为《见志诗》。

赵壹，字元叔，汉阳西县人。光和元年，举郡上计，十辟公府，并不就。今存五言诗两首。

原文　孟坚才流，而老于掌故①。观其《咏史》，有感叹之词②。文胜托咏灵芝，观怀寄不浅③。元叔散愤兰蕙，指斥囊钱④。苦言切句，良亦勤矣。斯人也，而有斯困,悲夫⑤!

注释

①孟坚才流两句:才流,才学之辈。老于掌故,精通典章制度、文物史实。《后汉书·班固传》云:"固以为汉绍尧运,以建帝业,至于六世史臣,乃追述功德,私作本纪,编于百王之末,厕于秦项之列。太初以后,阙而不录。故探撰前记,缀集所闻,以为《汉书》。起元高祖,终于孝平王莽之诛,十有二世,二百三十年,综其行事,傍贯五经,上下洽通,为春秋纪表志传凡百篇。固自永平中始受诏,潜精积思,二十余年,至建初中,乃成。当世甚重其书,学者莫不讽诵焉。"

②观其《咏史》两句:班固《咏史》末句云:"百男何愦愦,不如一缇萦。"感叹之情溢于纸上。

③文胜托咏灵芝两句:郦炎《见志诗》两篇,其二首句:"灵芝生河洲,动摇因洪波。"此诗寄托亦深,中有句云:"贤才抑不用,远投荆南沙。抱玉乘龙骥,不逢乐与和。安得孔仲尼,为世陈四科。"颇有生不逢时,怀才不遇之慨。

④元叔散愤兰蕙两句:赵壹《鲁生歌》有句云:"被褐怀金玉,兰蕙化为刍。"《秦客诗》有句云:"文籍虽满腹,不如一囊钱。"故云尔。散愤,发泄愤慨。达按,自此句以下,皆谓赵壹,与班、郦无涉焉。

⑤苦言切句五句:出言愁苦,用语恳切,亦自勤谨所得。斯

人，此人。斯困，如此窘迫。

译文 班固属于博学宏才一类人，精通典章制度，文物史实之类。看他的《咏史》诗，有慨感之语。郦炎寓意于"灵芝"，寄托亦深。赵壹借"兰蕙"来发泄愤慨，指责满腹文章，不值一钱。他的诗出言愁苦而用语恳切，确实也够勤勉的了。有这样的人，就会有这样窘迫的处境，可怜呵！

附录 **咏史** 班固

三王德弥薄，唯后用肉刑。
太仓令有罪，就逮长安城。
自恨身无子，因急独茕茕。
小女痛父言，死者不可生。
上书诣阙下，思古歌鸡鸣。
忧心摧折裂，晨风扬激声。
圣汉孝文帝，恻然感至情。
百男何愦愦，不如一缇萦。

见志诗二首（选一首） 郦炎

灵芝生河洲，动摇因洪波。
兰荣一何晚，严霜瘁其柯。
哀哉二芳草，不植泰山阿。
文质道所贵，遭时用有嘉。
绛灌临衡宰，谓谊崇浮华。
贤才抑不用，远投荆南沙。
抱玉乘龙骥，不逢乐与和。
安得孔仲尼，为世陈四科。

秦客诗 赵壹

河清不可俟，人命不可延。
顺风激靡草，富贵者称贤。
文籍虽满腹，不如一囊钱。
伊优北堂上，肮脏倚门边。

魏武帝　魏明帝

题解　魏武帝曹操，字孟德，沛国谯人。少机警，有权数而任侠。举孝廉，为郎，迁南顿令，后封魏王。文帝立，追谥曰武皇帝。曹操资兼文武，才略众出。御军三十余年，手不释书。昼则讲武策，夜则思经传；登高赋诗，被之弦管；书法音乐，擒猛射雕，多才多艺，诚一时之豪杰。其诗则"《苦寒》《猛虎》《短歌》《对酒》，乐府称绝。又助以子桓、子建，帝王之家，文章瑰玮"。明胡应麟《诗薮·外编》卷一曰："东汉之末，猥杂甚矣。魏武雄才崛起，无论用兵，即其诗豪迈纵横，笼罩一世，岂非衰运人物！然亦时有诙谐，如'何以解忧？唯有杜康'等句，信类其为人也。"今存诗二十余首，五言诗九首。

魏明帝曹睿，字元仲，文帝太子。在位十三年，卒年三十六。今存诗十四首，散句若干，其中五言诗七首。

原文　曹公古直，甚有悲凉之句①。睿不如丕，亦称三祖②。

注释　①曹公古直两句：古直，古朴质直。悲凉，悲壮苍凉。达按，古直、悲凉，是谓操之不足。明许学夷《诗源辩体》卷四第九条按曰:"嵘《诗品》以丕处中品,曹公及睿居下品。今或推曹公而劣子桓兄弟者,盖钟嵘兼文质,而后人专气格也。然曹公才力实胜子桓。"清刘熙载《艺概·诗概》亦谓:"曹公诗气雄力坚,足以笼罩一切。建安诸子,未有其匹也。子建则隐有'仁义之人,其言蔼如'之意。钟嵘品诗不以'古直悲凉'加于'人伦周、孔'之上,岂无见乎!"钱钟书《谈艺录》第二十四条曰:"记室评诗,眼力初不甚高,贵气盛词丽,所谓'骨气高奇''词彩华茂'。故最尊陈思、士衡、谢客三人。以魏武之古直苍浑,特以不屑翰藻,屈为下品。宜与渊明之和平淡远,不相水乳,所取反在其华靡之句,仍囿于时习而已。"

②睿(ruì)不如丕,亦称三祖:明胡应麟《诗薮·外编》卷一曰:"诗未有三世传者,既传而且烜赫,仅曹氏操、丕、睿耳。"三祖,已见《诗品序》注。

译文 曹公孟德的诗,古朴质直,常常有很悲壮苍凉的诗句。曹睿不如曹丕,也并称"三祖"。

附录 **苦寒行** 曹操

北上太行山,艰哉何巍巍。

羊肠阪诘屈，车轮为之摧。
树木何萧瑟，北风声正悲。
熊罴对我蹲，虎豹夹路啼。
溪谷少人民，雪落何霏霏。
延颈长叹息，远行多所怀。
我心何怫郁，思欲一东归。
水深桥梁绝，中路正徘徊。
迷惑失故路，薄暮无宿栖。
行行日已远，人马同时饥。
担囊行取薪，斧冰持作糜。
悲彼《东山》诗，悠悠使我哀。

长歌行　曹睿

静夜不能寐，耳听众禽鸣。
大城育狐兔，高墉多鸟声。
坏宇何寥廓，宿屋邪草生。
中心感时物，抚剑下前庭。
翔佯于阶际，景星一何明。
仰首观灵宿，北辰奋休荣。
哀彼失群燕，丧偶独茕茕。

单心谁与侣?造房孰与成?
徒然喟有和,悲惨伤人情。
余情偏易感,怀往增愤盈。
吐吟音不彻,泣涕沾罗缨。

魏白马王彪　魏文学徐干

题解　曹彪，字朱虎，曹操之子。初封白马王，后徙封楚。今存五言诗一首《答东阿王诗》。

徐干，字伟长，北海人。辟司空曹操府。除上艾长，以疾不行。历军谋祭酒掾，五官中郎将文学。为"建安七子"之一。明许学夷《诗源辩体》卷四第三十五条称："七子之中，徐干、陈琳、阮瑀五言，既无天成之妙，又少作用之功，此虽其才力不逮，亦是各有所长耳。按文帝《典论》称徐干之赋，……可见七子之名，非皆以其诗也。"今存五言诗四首。

原文　白马与陈思答赠，伟长与公干往复①，虽曰以莛扣钟②，亦能闲雅矣③。

注释　①白马与陈思答赠两句：曹植有《赠白马王彪》诗七章，曹彪答诗已佚。刘桢有《赠徐干》诗两首，徐干有《答刘桢诗》一首。答赠往复殆指此。
②以莛（tíng）扣钟：《汉书》卷六十五《东方朔传》："语曰：'以管窥天，以蠡测海，以莛撞钟'，岂能通其条贯，考其文理，发其音声哉！"莛，草茎也。扣，叩，撞击。以莛扣钟以

喻曹彪、徐干诗较之曹植、刘桢则闇弱无声响矣。

③闲雅：闲淡、文雅。

译文 白马王曹彪与陈思王曹植互相间的赠答诗，徐干和刘桢互相往还的赠答诗，虽然说好像以草茎去敲打铜钟一样难以发音，但也还能算闲淡雅致。

附录 **答东阿王诗** 曹彪

盘径难怀抱，停驾与君诀。
即车登北路，永叹寻先辙。

答刘桢诗 徐干

与子别无几，所经未一旬。
我思一何笃，其愁如三春。
虽路在咫尺，难涉如九关。
陶陶朱夏德，草木昌且繁。

魏仓曹属阮瑀　晋顿丘太守欧阳建　晋文学应璩
晋中书令嵇含　晋河南太守阮侃
晋侍中嵇绍　晋黄门枣据

题解

阮瑀，字元瑜，陈留人。宏才卓逸，不群于俗，师事蔡邕。建安中，司空曹操以为军谋祭酒，管记室，迁仓曹掾。为"建安七子"之一。阮瑀诗多含悲音，如《杂诗》："临川多悲风，秋日苦清凉。""三星守故次，明月未收光。"明张溥《汉魏六朝百三家集·阮元瑜集题辞》云："读其诸诗，每使人愁。"今存五言诗十二首，散句若干。

欧阳建，字坚石，渤海人，辟公府，历山阳令尚书郎，冯翊太守，甚得时誉。永康元年，石崇劝淮南王诛赵王伦。事发，建与石崇见杀。人莫不悼惜之。今存四言、五言诗各一首。

应璩，达按，晋无应璩，魏之应璩已见中品，旧疑应贞之讹。据《晋书·文苑传》，应贞，字吉甫，汝南南顿人，魏侍中璩之子。正始中，举高第。历任抚军及相国参军。晋受禅，迁给事中、太子中庶子、散骑常侍。今存四言诗两首。

嵇含，字君道，嵇绍从子。家巩县亳丘，自号亳丘子。举秀才，除郎中。惠帝朝历任征西参军、中书侍郎。范阳王虓为征南将军镇许昌，以为从侍中郎、襄阳太守，后奔镇南将军刘弘于襄阳。后为弘将郭劢所杀。今存五言诗三首。

阮侃，字德如，尉氏人。魏卫尉卿阮共之子。有俊才而饬以名理，风仪润雅。与嵇康为友。仕至河内太守。现存五言诗二首。

嵇绍，字延祖，谯国铚人。嵇康之子。十岁而孤，事母孝谨。累迁散骑常侍。永兴元年，惠帝大军败于荡阴，飞箭雨集，绍以身护帝，遂见害。现存五言诗一首。

枣据，字道彦，颍川长社人。弱冠，辟大将军府，迁尚书郎。贾充伐吴，请为从事中郎。军还，徙黄门侍郎，迁中庶子。卒年五十余。今存诗七首，其中五言诗六首，散句若干。

原文

元瑜、坚石七君诗，并平典不失古体①。大检似②。而二嵇微优矣③。

注释

①元瑜、坚石七君诗两句：明胡应麟《诗薮·内编》卷二曰："古诗自质，然甚文；自直，然甚厚。……阮瑀'孤儿'毕露筋骨。汉魏不同乃尔。"明许学夷《诗源辩体》卷四第三十五条谓"阮瑀如'身尽气力索，精魂靡所回'。……颇伤拙劣"。又第四十六条云："阮侃五言，则更繁芜矣。"清何焯《义门读书记》卷四十七云："枣道彦《杂诗》，拟仲宣《从军》。"平典，见《诗品序》注。

②大检似：陈延杰《诗品注》卷下云："余藏有明抄本《诗品》，'大检似'作'大抵相似'。"

③二嵇微优矣：二嵇，嵇绍、嵇含。微优，略好。谓二嵇于七人中略好。

译文 阮瑀、欧阳建等七位诗人的诗，都平板、典则，不离古体诗的风格。水平大体上一致，只是嵇绍、嵇含略好一点。

附录 驾出北郭门行　阮瑀

驾出北郭门，马樊不肯驰。
下车步踟蹰，仰折枯杨枝。
顾闻丘林中，噭噭有悲啼。
借问啼者出，何为乃如斯。
亲母舍我殁，后母憎孤儿。
饥寒无衣食，举动鞭捶施。
骨消肌肉尽，体若枯树皮。
藏我空室中，父还不能知。
上冢察故处，存亡永别离。
亲母何可见，泪下声正嘶。

弃我于此间，穷厄岂有资。
传告后代人，以此为明规。

临终诗　欧阳建

伯阳适西戎，子欲居九蛮。
苟怀四方志，所在可游盘。
况乃遭屯蹇，颠沛遇灾患。
古人达机兆，策马游近关。
咨余冲且暗，抱责守微官。
潜图密已构，成此祸福端。
恢恢六合间，四海一何宽。
天网布纮纲，投足不获安。
松柏隆冬悴，然后知岁寒。
不涉太行险，谁知斯路难。
真伪因事显，人情难豫观。
穷达有定分，慷慨复何叹。
上负慈母恩，痛酷摧心肝。
下顾所怜女，恻恻心中酸。
二子弃若遗，念皆遘凶残。
不惜一身死，惟此如循环。

执纸五情塞,挥笔涕泛澜。

悦晴诗　嵇含

劲风归巽林,玄云起重基。
朝霞炙琼树,夕影映玉芝。
翔凤晞轻翮,应龙曝纤鬐。
百谷偃而立,大木颠复持。

答嵇康诗二首(选一首)　阮侃

旦发温泉庐,夕宿宣阳城。
顾眄怀惆怅,言思我友生。
会遇一何幸,及子遘欢情。
交际虽未久,思爱发中诚。
良玉须切磋,玙璠就其形。
隋珠岂不曜,雕莹启光荣。
与子犹兰石,坚芳互相成。
庶几弘古道,《伐檀》俟河清。
不谓中离别,飘飘然远征。
临舆执手诀,良诲一何精。

佳言盈我耳，援带以自铭。
唐虞旷千载，三代不我并。
洙泗久已往，微言谁为听。
曾参易箦毙，仲由结其缨。
晋楚安足慕，屡空守以贞。
潜龙尚泥蟠，神龟隐其灵。
庶保吾子言，养真以全生。
东野多所患，暂往不久停。
幸子无损思，逍遥以自宁。

赠石季伦诗　嵇绍

人生禀五常，中和为至德。
嗜欲虽不同，伐生所不识。
仁者安其身，不为外物惑。
事故诚多端，未若酒之贼。
内以损性命，烦辞伤轨则。
屡饮致疲怠，清和自否塞。
阳坚败楚军，长夜倾宗国。
诗书著明戒，量体节饮食。
远希彭聃寿，虚心处冲默。

茹芝味醴泉，何为昏酒色。

杂诗 枣据

吴寇未殄灭，乱象侵边疆。
天子命上宰，作蕃于汉阳。
开国建元士，玉帛聘贤良。
予非荆山璞，谬登和氏场。
羊质复虎文，燕翼假凤翔。
既惧非所任，怨彼南路长。
千里既悠邈，路次限关梁。
仆夫罢远涉，车马困山冈。
深谷下无底，高岩暨穹苍。
丰草停滋润，雾露沾衣裳。
玄林结阴气，不风自寒凉。
顾瞻情感切，恻怆心哀伤。
士生则悬弧，有事在四方。
安得恒逍遥，端坐守闺房。
引义割外情，内感实难忘。

晋中书张载　晋司隶傅玄　晋太仆傅咸
晋侍中缪袭　晋散骑常侍夏侯湛

题解　张载，字孟阳，安平人。有才华，起家拜著作郎，长沙王乂请为记室督，拜中书侍郎。稍迁领著作。载见世方乱，无复进仕意，遂称疾告归。明张溥《汉魏六朝百三家集·张孟阳景阳集题辞》云："景阳文稍让兄，而诗独劲出，盖二张齐驱，诗文之间，互有短长。"今存五言诗十首，四言、杂言及散句若干。

傅玄，字休奕，北地泥阳人。勤学，善作文，魏末，州举秀才。五等建，封鹑觚男，迁至司隶校尉，免。卒后谥曰刚。追封清泉侯。明张溥《汉魏六朝百三家集·傅鹑觚集题辞》评其诗曰："《苦相篇》与《杂诗》二首，颇有《四愁》《定情》之风。《历九秋诗》，读者疑为汉古词，非相如枚乘不能作。其言文声永，诚诗家六言之祖也。"又云："独为诗篇，新温婉丽，善言儿女，强直之士怀情正深，赋好色者，何必宋玉。"

傅咸，字长虞，傅玄之子。泰始末，拜太子洗马，累迁尚书右丞，出为冀州刺史。元康初，迁御史中丞，后为司隶校尉。卒年五十六。

缪袭，字熙伯，东海人。有才学，官至侍中尚书光禄勋。

夏侯湛，字孝若，谯国人。泰始中，举贤良，拜郎中。惠帝即位，为散骑常侍。现存诗中无五言。

原文 孟阳诗，乃远惭厥弟①，而近超两傅②。长虞父子，繁富可嘉③。孝冲虽曰后进，见重安仁④。熙伯《挽歌》，唯以造哀尔⑤。

注释 ①孟阳诗，乃远惭厥弟：刘勰《文心雕龙·才略》云："孟阳、景阳才绮而相埒，可谓鲁卫之政，兄弟之文也。"达按，此说似与钟说相悖。刘勰以才略言，故在伯仲之间，难分高下；钟评以诗作言，乃云"远惭厥弟"。

②近超两傅：近，略也、微也，非远近之近。两傅，指傅玄、傅咸。

③长虞父子：傅玄、傅咸父子。繁富可嘉：采繁而词富，值得嘉奖。

④孝冲虽曰后进，见重安仁：《晋书·夏侯湛传》曰："夏侯湛，字孝若，谯国谯人也。"又曰："湛幼有盛才，文章宏富，善构新词，而美容观。与潘岳友善，每行止同舆接茵，京都谓之'连璧'。"又曰："初，湛作《周诗》，成，以示潘岳。岳曰：'此文非徒温雅，乃别见孝弟之性。'"此盖"见重安仁"之

谓也。虽曰后进,达按,潘岳生于公元247年,卒于公元300年,享年53岁。夏侯湛生于公元242年,卒于公元291年,实际上夏侯湛比潘岳年长五岁,不得谓"后进"。又,夏侯湛有弟夏侯淳,字孝冲,事迹附湛传之后,曰:"淳字孝冲,亦有文藻,与湛俱知名。官至弋阳太守。遭中原倾覆,子侄多没胡寇,唯息承渡江。"就二人之传所载文学事迹观之,入品者当是湛,然就"孝冲虽曰后进"一语观之,又不像是夏侯湛。疑《诗品》原文有缺漏。

⑤熙伯《挽歌》,唯以造哀尔:清何焯《义门读书记》卷四十七引汉应劭《风俗通义》言:"汉末时,京师宾婚嘉会皆作傀儡,酒酣之后,续以挽歌"。是知古挽歌之作,非必有送葬之事也,欢宴之后亦继以挽歌之唱,故曰"造哀"。此造字,乃刘勰"为文造情"之造也。挽歌,哀歌。

译文

张载的诗,远不如他弟弟,但又略胜于傅玄、傅咸父子。傅咸父子辞采繁丽宏富,实堪嘉奖。夏侯湛虽说是年少新进之士,却为潘岳所推重。缪袭的《挽歌》诗,只是虚托哀伤而已。

附录　七哀诗二首（选一首）　张载

北芒何垒垒，高陵有四五。
借问谁家坟？皆云汉世主。
恭文遥相望，原陵郁肬肬。
季世丧乱起，贼盗如豺虎。
毁壤过一抔，便房启幽户。
珠柙离玉体，珍宝见剽虏。
园寝化为墟，周墉无遗堵。
蒙笼荆棘生，蹊径登童竖。
狐兔窟其中，芜秽不复扫。
颓陇并垦发，荫隶营农圃。
昔为万乘君，今为丘山土。
感彼雍门言，凄怆哀往古。

杂诗　傅玄

志士惜日短，愁人知夜长。
摄衣步前庭，仰观南雁翔。
玄景随形运，流响归空房。
清风何飘飖，微月出西方。

繁星依青天,列宿自成行。
蝉鸣高树间,野鸟号东厢。
纤云时仿佛,渥露沾我裳。
良时无停景,北斗忽低昂。
常恐寒节至,凝气结为霜。
落叶随风摧,一绝如流光。

赠何劭王济并序　傅玄

朗陵公何敬祖,咸之从内兄。国子祭酒王武子,咸从姑之外孙也。并以明德见重于世。咸亲之重之,情犹同生,义则师友。何公既登侍中,武子俄而亦作,二贤相得甚欢,咸亦庆之。然自限阘茸,虽愿其缱绻,而从之末由。历试无效,且有家艰,心存目替,赋诗申怀以贻之云尔。

日月光太清,列宿曜紫微。
赫赫大晋朝,明明辟皇闱。
吾兄既凤翔,王子亦龙飞。
双鸾游兰渚,二离扬清晖。
携手升玉阶,并坐侍丹帷。
金珰缀惠文,煌煌发令姿。

斯荣非攸庶，缱绻情所希。
岂不企高踪，麟趾邈难追。
临川靡芳饵，何为守空坻。
槁叶待风飘，逝将与君违。
违君能无恋？尸素当言归。
归身蓬荜庐，乐道以忘饥。
进则无云补，退则恤其私。
但愿隆弘美，王度日清夷。

挽歌诗　缪袭

生时游国都，死没弃中野。
朝发高堂上，暮宿黄泉下。
白日入虞渊，悬车息驷马。
造化虽神明，安能复存我。
形容稍歇灭，齿发行当堕。
自古皆有然，谁能离此者？

晋骠骑王济　晋征南将军杜预
晋廷尉孙绰　晋征士许询

题解　王济,字武子,太原晋阳人。武帝时尚常山公主。起家中书郎,迁侍中,终于太仆。无五言诗传世。

杜预,字元凯,京兆人。起家拜尚书郎。稍迁至镇南大将军都督荆州诸军事,平吴,加位特进。诗今已佚。

孙绰,字兴公,太原中都人。为章安令,稍迁散骑常侍,领著作郎,寻转廷尉卿。史称于时才笔之工,绰为其冠。年五十八卒。现存诗十三首,五言诗五首。

许询,字玄度,高阳人。咸安中征士。现存五言诗一首,散句二。

原文　永嘉以来,清虚在俗①。王武子辈诗,贵道家之言②。爰洎江表,玄风尚备③。真长、仲祖,桓、庾诸公犹相袭,世称孙、许,弥善恬淡之词④。

注释　①永嘉以来,清虚在俗:钟嵘《诗品序》云:"永嘉时,贵黄老,稍尚虚谈。"永嘉,西晋怀帝年号,公元307~312年。清虚,清议虚谈。俗,风俗、习俗。

②王武子辈诗，贵道家之言：王济、杜预诗不存，贵道家言云云，无考。

③爰洎（jì）江表，玄风尚备：《文心雕龙·明诗》云："江左篇制，溺乎玄风，嗤笑徇务之志，崇盛亡机之谈。袁、孙已下，虽各有雕采，而辞趣一揆，莫与争雄。"洎，及、到。

④真长、仲祖四句：真长，刘惔（tán）字真长，沛国萧人。有雅才，虽筚门陋巷，晏如也。历司徒左长史丹阳尹。为政务镇静，信诚风尘不能移也。仲祖，王濛字仲祖，太原晋阳人。神气清韶，年十余岁，放逸不群，弱冠检尚，风流雅正，外绝荣竞，内寡私欲，辟司徒掾中书郎。桓庾诸公，见《诗品序》注。世称孙、许，《晋书·孙绰传》云："少与高阳许询，俱有高尚之志，居于会稽，游放山水，十有余年。"恬淡，恬静、淡泊。谓孙、许诗尚名理，主清谈，情趣淡泊。

译文

自从永嘉以来，清议虚谈，蔚成风气。王济等人的诗，以写道家之言为贵。到了东晋，玄风仍然很盛，刘惔、王濛、桓温、庾亮等辈，祖相沿袭。社会上盛称"孙许"，更长于作虚静、淡泊一类诗歌。

附录

秋日 孙绰

萧瑟仲秋月，飂戾风云高。
山居感时变，远客兴长谣。
疏林积凉风，虚岫结凝霄。
湛露洒庭林，密叶辞荣条。
抚菌悲先落，郁松羡后凋。
垂纶在林野，交情远市朝。
澹然古怀心，濠上岂伊遥。

竹扇诗 许询

良工眇芳林，妙思触物骋。
篾疑秋蝉翼，团取望舒景。

晋征士戴逵　晋东阳太守殷仲文

题解

戴逵，字安道。性不乐当世。太宰武陵王晞，闻其善鼓琴，使人召之，逵对使者破琴，曰："戴安道不为王门伶人。"戴逵诗今不存。

殷仲文，字仲文，陈郡长平人。会稽王道子引为骠骑参军，转谘议参军。桓玄举兵，进侍中，领左卫将军。玄败，投义军。为镇军长史，转尚书。义熙三年谋反，伏诛。

原文

安道诗虽嫩弱，有清上之句。裁长补短，袁彦伯之亚乎？逵子颙，亦有一时之誉①。晋、宋之际，殆无诗乎②！义熙中，以谢益寿、殷仲文为华绮之冠③，殷不竞矣。

注释

①安道诗虽嫩弱六句：此六句三十字，据陈延杰《诗品注》按明抄本《诗品》及黄丕烈《士礼居藏书题跋记再续》引《吟窗杂录》补。清上，清新、隽上。袁彦伯之亚，比袁宏略逊。逵子颙，亦有一时之誉：《诗品》评诗一百二十二人，戴颙不在其中。据《南史》本传，颙字仲若，凡诸音律，皆能挥手。本传言其"述庄周大旨，著《逍遥论》，注《礼记·中庸》篇"。

而未言及其诗作。

②晋、宋之际，殆无诗乎：晋宋之际，渊明既不为世所重，则余者平平矣。《南齐书·文学传论》曰："仲文玄气，犹不尽除，谢混清新，得名未盛。"诗衰如此，故钟嵘有无诗之叹。

③谢益寿、殷仲文为华绮之冠两句：《诗品》卷上评潘岳云："谢混云'潘诗烂若舒锦，无处不佳；陆文如披沙简金，往往见宝'。嵘谓益寿轻华，故以潘为胜。"故知谢、殷二人诗重华采，尤以谢为甚。

译文

戴逵的诗虽然不够老练，自有清新峻拔之句。取其长补其短，大概可算袁宏第二吧？戴逵之子戴颙，也有过一时声誉。晋宋之际，几乎没有诗歌！晋安帝义熙年间，谢混和殷仲文要算最讲究华丽绮靡的诗人了，殷仲文在谢混之下。

附录　　**南州桓公九井作诗**　　殷仲文

四运虽鳞次，理化各有准。
独有清秋日，能使高兴尽。
景气多明远，风物自凄紧。
爽籁惊幽律，哀壑叩虚牝。

岁寒无早秀，浮荣甘夙陨。
何以标贞脆？薄言寄松菌。
哲匠感萧晨，肃此尘外轸。
广筵散泛爱，逸爵纡胜引。
伊余乐好仁，惑祛吝亦泯。
猥首阿衡朝，将贻匈奴哂。

宋尚书令傅亮

题解 傅亮，字季友，北地灵州人。初仕晋，为建威参军。入宋迁至散骑常侍，左光禄大夫，进爵始兴郡公。后与徐羡之、谢晦同废少帝，奉迎文帝即位。元嘉三年被诛，年五十三。《宋书·傅亮传》云："亮博涉经史，尤善文辞。""高祖登庸之始……表策文诰皆亮辞也。"今存诗四首，四言、五言各二。

原文 季友文，余常忽而不察。今沈特进撰诗，载其数首①，亦复平美②。

注释 ①沈特进撰（zhuàn）诗，载其数首：沈特进，沈约加特进。撰诗，《隋书·经籍志》曰："梁特进《沈约集》一百一卷。"又曰："《集钞》十卷，沈约撰。"撰，著作、著述、编集均谓撰。意谓沈约编撰《集钞》，载傅亮诗数首。
②亦复平美：美，津逮本作"矣"。

译文 傅亮的诗，我常常忽略而不注意。现在沈约编纂《集钞》，收他几首诗，也平平而已。

附录　奉迎大驾道路赋诗　傅亮

凤棹发皇邑，有人祖我舟。
饯离不以币，赠言重琳球。
知止道攸贵，怀禄义所尤。
四牡倦长路，君辔可以收。
张邸结晨轨，疏董顿夕辀。
东隅诚已谢，西景逝不留。
性命安可图，怀此作前修。
敷衽铭笃诲，引带佩嘉谋。
迷宠非予志，厚德良未酬。
抚躬愧疲朽，三省惭爵浮。
重明照蓬艾，万品同率由。
忠诰岂假知，式微发直讴。

宋记室何长瑜　羊曜璠　宋詹事范晔

题解　何长瑜,东海人。初为谢方明所致,教其子惠连读书,与灵运、荀雍、羊璿之,共为山泽之游,时人谓之"四友"。后为临川王义庆记室参军。元嘉二十年,庐陵王绍镇寻阳,以长瑜为南中郎行参军,掌书记之任。行至板桥,遇暴风溺死。今存诗二首,皆五言。

羊曜璠,名璿之,曜璠其字也,太山人。为临川内史,被司空竟陵王诞所遇,诞败后坐诛。与灵运、何长瑜、荀雍以文章赏会,号称"四友"。

范晔,字蔚宗,小字塼,顺阳人。为征南大将军檀道济司马,领新蔡太守,后为尚书吏部郎。坐谋反,诛。少好学,善为文章,能隶书,晓音律,善弹琵琶,能为新声。著《后汉书》。今存五言诗二首。

原文　"才难",信矣①!以康乐与羊、何若此②,而□人之辞,殆不足奇③。乃不称其才,亦为鲜举矣④。

注释　①"才难",信矣:《论语·泰伯》云:"才难,不其然乎?"《集注》:"才难,盖古语,而孔子然之也。"达按,"才难"为古之成语，孔子引之。钟嵘亦引古成语以证其说。才，这里指诗才。

②以康乐与羊、何若此：与，称誉，读去声，义同誉。《汉书·翟方进传》云："朝过夕改，君子与之。"康乐与羊、何，《南史·谢灵运传》云："时何长瑜教惠连读书，亦在郡内，灵运又以为绝伦。谓方明曰：'长瑜当今仲宣，而饴之下客之食。尊既不能礼贤，宜以长瑜还灵运。'载之而去。"又："长瑜才亚惠连，雍、璩之不及也。"康乐与羊、何事，当指此。又，今存何长瑜五言诗二篇，《嘲府僚诗》诙谐有致，《离合诗》言人生离合之哀乐。璩之诗不传。

③而□人之辞，殆不足奇：而下原缺，疑为"二"字。钟意以为灵运称誉羊、何如此，而二人之诗亦不为佳，以反证诗才之难得也。达按，自"才难"至"不足奇"，五句二十字，据陈延杰《诗品注》按明钞本《诗品》补。原本无此评语。

④乃不称其才两句：此二句盖专指范晔。晔，博学宏才，著《后汉书》传世。晔《狱中与诸甥侄书》略云："既造《后汉》，转得统绪。详观古今著述及评论，殆少可意者。班氏最有高名，既任情无例……唯志可推耳。博赡不可及之，整理未必愧也。吾杂传论，皆有精意深旨……至于《循吏》以下及《六夷》诸序论，笔势纵放，实天下之奇作。其中合者，往往不减《过秦》篇。尝共比方班氏所作，非但不愧之而已。欲

遍作诸志，《前汉》所有者，悉令备，虽事不必多，且使见文得尽。又欲因事就卷内发论，以正一代得失，意复未果。赞自是吾文之杰思，殆无一字空设，奇变不穷，同合异体，乃自不知所以称之。此书行，故应有赏音者。纪传例为举其大略耳，诸细意甚多。自古体大而思精，未有此也。"盖范晔于史传洋洋大观，而诗作亦平平耳。今存《乐游应诏诗》一首，《临终诗》一首，亦未足奇也。鲜举，少有、少见。

译文 古语说："人才难得"，确实如此！像谢灵运赞许羊曜璠、何长瑜到这等程度，而二人之诗作，亦不过平平常常。像范晔这样诗作不副他的才能的人，也是非常少有的了。

附录 **离合诗** 何长瑜

宜然悦今会，且怨明晨别。

肴蔌不能甘，有难不可雪。

临终诗　范晔

祸福本无兆，性命归有极。
必至定前期，谁能延一息。
在生已可知，来缘睹无识。
好丑共一丘，何足异枉直。
岂论东陵上，宁辨首山侧。
虽无嵇生琴，庶同夏侯色。
寄言生存子，此路行复即。

宋孝武帝　宋南平王铄　宋建平王宏

题解

宋孝武帝刘骏，字休龙，小字道民，文帝第三子。元嘉十二年，封武陵王。刘劭弑逆，举兵入讨。三十年五月即位，在位十一年。卒年三十五岁，谥曰孝武皇帝。少机颖，神明爽发，才藻甚美。今存诗二十七首，五言诗二十五首。

刘铄，字休玄，文帝第四子。元嘉十六年，封南平王。刘劭弑逆，为征虏将军、开府仪同三司。孝武定乱，进司空，赐药死。今存诗十首，五言诗九首。

刘宏，字休度，文帝第七子。诗今不存。

原文

孝武诗，雕文织彩，过为精密①。为二藩希慕②，见称轻巧矣③。

注释

①孝武诗三句：孝武诗如"层峰亘天维，旷渚绵地络""宵登毗陵路，旦过云阳郭""迟迟分手念，泫泫登路泣""远视秋云发，近听寒蝉鸣"等，字俳句对，过为雕刻矣。

②为二藩希慕：二藩，指宋南平王刘铄，宋建平王刘宏。藩，原指属国、属地，此借以指属国国主。希慕，仰慕。

③见称轻巧：被认为轻盈纤巧。

译文

宋孝武帝刘骏的诗,雕章琢句犹如组织彩锦,过分精致繁密。为南平、建平二位藩王仰慕,被称为轻盈纤巧之作。

附录

游覆舟山诗 刘骏

束发好怡衍,弱冠颇流薄。
素想终勿倾,聿来果丘壑。
层峰亘天维,旷渚绵地络。
逢皋列神苑,遭坛树仙阁。
松墱念青晖,荷源煜彤烁。
川界泳游鳞,岩庭响鸣鹤。

七夕咏牛女诗 刘铄

秋动清风氛,火移炎气歇。
广栏含夜阴,高轩通夕月。
安步巡芳林,倾望极云阙。
组幕萦汉陈,龙驾凌霄发。
谁云长河遥?颇剧促筵越。
沈情未申写,飞光已飘忽。
来对眇难期,今欢自兹没。

宋光禄谢庄

题解 谢庄,字希逸,陈郡阳夏人,灵运从子。仕至光禄大夫。卒年四十六,谥曰宪子。今存诗十七首,五言诗十三首。

原文 希逸诗气候清雅,不逮于范、袁①。然兴属间长,良无鄙促也②。

注释 ①希逸诗两句:气候,《三国志·吴志·朱然传》云:"然长不盈七尺,气候分明,内行修絜。"原指人的精神态度,这里指诗的风格体貌。清雅,高洁文雅。范、袁,指范晔、袁淑。津逮本"范"作"王",则指王微、袁淑。达按,陈延杰《诗品注》卷下谓范晔诗"用事深切,亦自秀逸"。《诗品》评王、袁曰:"殊得风流媚趣。"谢庄不逮也。
②兴属间长两句:兴,赋、比、兴之兴。《诗品序》云:"文已尽而意有余,兴也。"属,类也。间,间或、偶尔。鄙促,粗野、局促。

译文 谢庄的诗,风格高洁、文雅,只是不及范晔、袁淑。然而有时很有言外之意,确实没有粗野和令人局促不快之处。

附录　游豫章西观洪崖井　谢庄

幽愿平生积，野好岁月弥。
舍簪神区外，整褐灵乡垂。
林远炎天隔，山深白日亏。
游阴腾鹄岭，飞清起凤池。
隐暧松霞被，容与涧烟移。
将遂丘中性，结驾终在斯。

宋御史苏宝生　宋中书令史陵修之
宋典祠令任昙绪　宋越骑戴法兴

题解　苏宝生，名宝，宝生其字也。本寒门，有文义之美。官至南台侍御史、江宁令。诗不传。

陵修之、任昙绪二人，《宋书》《南史》皆无传。

戴法兴，山阴人，为南台侍御史。废帝即位，迁越骑校尉。诗不传。

原文　苏、陵、任、戴，并著篇章，亦为搢绅之所嗟咏①。人非文才是愈，甚可嘉焉②。

注释　①为搢绅之所嗟咏：搢绅，《诗品序》："观王公搢绅之士。"指爱好诗歌的王公贵族之属。嗟咏，咏叹。

②人非文才是愈两句：愈，进、益。谓人而不具文才者越发求进益，故可嘉也。达按，陈延杰《诗品注》据家藏明钞本，谓二句为："人非文是愈，有可嘉焉。"

译文　苏宝生、陵修之、任昙绪、戴法兴四人都著有诗作，也为王公贵族们所咏叹。人而不具备文才往往更努力，很值得赞许。

宋监典事区惠恭

题解 区惠恭,史书无传。

原文 惠恭本胡人,为颜师伯幹①。颜为诗,辄偷笔定之②。后造《独乐赋》,语侵给主,被斥③。及大将军修北第,差充作长④。时谢惠连兼记室参军⑤,惠恭时往共安陵嘲调⑥。末作《双枕诗》以示谢,谢曰:"君诚能,恐人未重,且可以为谢法曹造⑦。"遗大将军,见之赏叹,以锦二端赐谢。谢辞曰:"此诗,公作长所制,请以锦赐之。"

注释 ①为颜师伯幹:据《南史·颜师伯传》,颜师伯,字长渊,颜延之从子。为谢晦领军司马。幹,古称属下办事人员为幹。

②偷笔定之:偷,私下、私自。定,改定,私自以笔改定之。

③语侵给主,被斥:侵,损害。给,及也。被斥,被驱逐。

④大将军修北第两句:大将军,指彭城王刘义康,元嘉十六年进位大将军。第,宅第、府第。作长,工长。

⑤谢惠连兼记室参军:元嘉七年,惠连为彭城王义康法曹行参军。

⑥嘲调：嘲讽、调侃。

⑦且：姑且。造：作也。

译文 区惠恭原本是胡人，是颜师伯的下属人员。颜师伯作诗时，他常常私自用笔改而定稿。后来作《独乐赋》，语句中侵害到他主人，被驱逐走了。等到大将军彭城王刘义康修建北府，派他去当工长。那时谢惠连是彭城王的法曹参军，区惠恭经常去和安陵一道嘲谑调侃。末了，作《双枕诗》拿给谢惠连看，谢惠连说："您很有才华，我担心没有人重视您，姑且可以说是谢法曹写的。"送给大将军彭城王刘义康，义康见了赞赏不已，拿两匹织锦赐给谢惠连。谢惠连边辞退边说："这首诗，是您的工长所作，请把织锦赏赐给他吧！"

齐惠休上人　齐道猷上人　齐释宝月

题解

惠休上人，善属文。齐世祖萧颐命之还俗。本姓汤，字茂远，位至扬州刺史。今存诗十一首，五言诗五首。

道猷上人，吴人。宋孝武勒住新安，为镇寺法主。

释宝月，齐武帝时人。善解音律。今存诗五首，五言诗四首。

原文

惠休淫靡，情过其才①。世遂匹之鲍照，恐商周矣②。羊曜璠云："是颜公忌照之文，故立休鲍之论③。"庾、帛二胡，亦有清句④。《行路难》是东阳柴廓所造⑤。宝月尝憩其家，会廓亡，因窃而有之。廓子赍手本出都，欲讼此事，乃厚赂止之⑥。

注释

①惠休淫靡两句：汤惠休诗靡而无骨，情长气短，如"黄鹤西北去，衔我千里心""春人心生思，思心长为君"等句缠绵柔弱，思涉尘俗，岂佛门中语耶？清沈德潜《古诗源》云："禅寂人作情语，转觉入微，微处亦可证禅也。"别是一说。

②世遂匹之鲍照两句：匹，比也。商周，《左传·桓公十一年》："师克在和，不在众，商周之不敌，君之所闻也。"后世以"商周"喻两者不相敌。意谓惠休不敌鲍照，若商之不

敌周。

③颜公忌鲍之文两句：颜忌鲍之文胜己，故意将惠休、鲍照并提，以抑鲍也。《南史·颜延之传》曰："延之每薄汤惠休诗，谓人曰：'惠休制作，委巷中歌谣耳。'"是颜亦贬惠休诗非独鲍文也。

④庾、帛二胡两句：唐权德舆《送清洨上人谒信州陆员外》诗："佳句已齐康宝月。"陈延杰《诗品注》卷下谓："则宝月非姓庾也，'康''庾'以形近而讹。"二胡，指宝月、道猷，二僧为西方天竺人，故曰胡。

⑤《行路难》句：陈徐陵《玉台新咏》题宝月作。《行路难》为杂言诗，见《玉台新咏》卷九。

⑥憩（qì）：休息。亡：死去。赍（jī）：持。

译文　惠休的诗过分轻靡，情感多于才华。社会上就拿他与鲍照比，恐怕他不是鲍照的对手。羊曜璠说："这是颜延之忌恨鲍照的作品，所以特地制造休、鲍相匹的舆论。"庾、帛二位胡僧，也有清秀之句。《行路难》是东阳柴廓写作的。宝月常住在柴家，正遇柴廓去世，就把诗窃为己有。柴廓的儿子拿着手稿到首都建康去，准备付之诉讼，宝月以厚礼送他，才制止了这件事。

附录

怨诗行　汤惠休

明月照高楼,含君千里光。
巷中情思满,断绝孤妾肠。
悲风荡帷帐,瑶翠坐自伤。
妾心依天末,思与浮云长。
啸歌视秋草,幽叶岂再扬。
暮兰不待岁,离华能几芳。
愿作张女引,流悲绕君堂。
君堂严且秘,绝调徒飞扬。

陵峰采药触兴为诗　帛道猷

连峰数千里,修林带平津。
云过远山翳,风至梗荒榛。
茅茨隐不见,鸡鸣知有人。
闲步践其径,处处见遗薪。
始知百代下,故有上皇民。

估客乐二首（选一首） 释宝月

郎作十里行，侬作九里送。
拔侬头上钗，与郎资路用。

齐高帝　齐征北将军张永
齐太尉王文宪

题解　齐高帝萧道成，字绍伯，小字斗将，南兰陵武进人。仕宋，累封齐王。废宋自立。年五十六。谥高皇帝。存诗二首，五言只《群鹤舞》一首。

张永，字景云，吴郡人。仕至征北将军。

王俭，字仲宝，琅琊临沂人。袭爵豫章侯。仕至侍中尚书左镇军将军。卒年三十八，追赠太尉，谥文宪。是钟嵘师。今存诗八首，五言诗五首。

原文　齐高帝诗，词藻意深，无所云少①。张景云虽谢文体，颇有古意②。至如王师文宪③，既经国图远，或忽是雕虫④。

注释　①藻：藻丽。无所云少：不要说诗少。

②张景云虽谢文体两句：嵘论诗以"骨气奇高，词采华茂，情兼雅怨，体被文质"为标准，文体盖指此。谢，辞也。古意，古体诗之意味。

③王师文宪：王文宪为钟嵘老师。《南史·钟嵘传》："嵘，齐

永明中为国子生……卫将军王俭领祭酒，颇赏接之。"王俭为嵘师，故于俭独称谥号。

④既经国图远两句：《南齐书·王俭传》云："俭寡嗜欲，唯以经国为务。车服尘素，家无遗财。手笔典裁，为当时所重。"又曰："俭常谓人曰：'江左风流宰相，唯有谢安。'盖自比也。世祖深委仗之，士流选用，奏无不可。"雕虫，汉扬雄《法言·吾子》："或问：'吾子少而好赋？'曰：'然，童子雕虫篆刻。'俄而曰：'壮夫不为也。'"达按，西汉学童习秦书八体，虫书、刻符为其中两体，纤巧难工。故以指作辞赋之雕章琢句，亦喻小技、末道。此言雕虫，指诗道。

译文 齐高帝萧道成的诗，文词藻丽，寓意深远，不要说他诗不多。张永虽然不具备诗的理想文体，也很有古意。至于我的老师王俭，他既然胸怀治国的深远打算，也许就忽略了作为雕虫小技的诗道了。

附录 **群鹤咏** 萧道成

八风儛遥翮，九野弄清音。
一摧云间志，为君苑中禽。

春日家园诗　王俭

徙倚未云暮，阳光忽已收。
羲和无停晷，壮士岂淹留。
冉冉老将至，功名竟不修。
稷契匡虞夏，伊吕翼商周。
抚躬谢先哲，解绂归山丘。

齐黄门谢超宗　齐浔阳太守丘灵鞠　齐给事中郎刘祥　齐司徒长史檀超　齐正员郎钟宪　齐诸暨令颜则　齐秀才顾则心

题解

谢超宗，陈郡阳夏人。谢灵运之孙。好学，有文辞，盛得名誉，解褐奉朝请。孝武帝曾称云："超宗殊有凤毛，恐灵运复出。"太祖即位，转黄门郎。诗不传。

丘灵鞠，吴兴乌程人。累迁员外郎，后除太尉参军。永明二年，领骁骑将军。《南齐书·文学传》云："灵鞠好饮酒，臧否人物。在沈渊座见王俭诗，渊曰：'王令文章大进。'灵鞠曰：'何如我未进时？'"诗不传。

刘祥，字显微，东莞莒人。解褐为巴陵王征西行参军，除正员外。祥少好文学，然轻言肆行，不避高下。年三十九卒。诗不传。

檀超，字悦祖，高平金乡人。少好文学，解褐州西曹，后为司徒右长史。诗不传。

钟宪，钟嵘之从祖。颍川长社人。齐正员外郎。今存五言诗一首。

颜则，史书无传。一说为颜测之误。颜测，颜延年之子。

顾则心，一作恩，一作测。扬州主薄，善《易》。今存五言诗一首。

原文　檀、谢七君，并祖袭颜延，欣欣不倦，得士大夫之雅致乎①！余从祖正员常云："大明、泰始中，鲍、休美文，殊已动俗，唯此诸人，傅颜、陆体②。用固执不如，颜诸暨最荷家声③。"

注释　①檀、谢七君四句：谓七人皆渊源于颜延之。欣欣，《楚辞》屈原《远游》："内欣欣而自美兮，聊偷娱以自乐。"欣欣谓喜乐自得之貌。士大夫，《晋书·夏侯湛传》："仆也承门户之业，受过庭之训，是以得接冠带之末，充乎士大夫之列。"古之文人而无官职者均可列入士大夫等级。《南史·文学传》云："宋孝武殷贵妃亡，灵鞫《挽歌》三首云：'云横广阶暗，霜深高殿寒。'帝摘句嗟赏。"陈延杰《诗品注》卷下谓："就此二句观之，信祖袭颜延也。"
②鲍、休美文四句：鲍、休，指鲍照与惠休。傅，依附。颜、陆体，颜延之诗源出陆机，故谓颜、陆体。
③用固执不如两句：用，以也。如，陈延杰家藏明钞本《诗品》作"移"。荷（hè），担负、承担。陈延杰《诗品注》卷下云："言自宋以来，鲍、休诗已动俗，唯檀、谢诸人，独宗

傅颜、陆体，不肯改学鲍、休焉。"

译文 檀、谢等七位诗人，都效法颜延之，欣欣然乐此不倦，真有士大夫的高雅情致！我的叔祖钟宪常常说："大明、泰始年间，鲍照、惠休的华丽诗歌，已经振动了凡俗。只有这几个人，依附颜延之、陆机的诗体，如此执着而不动摇。其中颜则最有颜家声誉。"

附录 **登群峰标望海诗**　钟宪

苍波不可望，望极与天平。
往往孤山映，处处春云生。
差池远雁没，飒沓群凫惊。
嚣尘及薄领，弃舍出重城。
临川徒可美，结网庶时营。

望廨前水竹诗　顾则心

萧萧丛竹映，澹澹平湖净。
叶倒涟漪文，水漾檀栾影。
相思不会面，相望空延颈。

远天去浮云，长墟斜落景。
幽疴与岁积，赏心随事屏。
乡念一邅回，白发生俄顷。

齐参军毛伯成　齐朝请
吴迈远　齐朝请许瑶之

题解　毛伯成，史书无传。

吴迈远，曾任江州从事。好为文章，又喜自夸而嗤鄙他人。每作诗，得称意语，辄掷地呼曰："曹子建何足数哉！"宋元徽二年，坐桂阳之乱诛死。今存诗十一首，五言诗十首。

许瑶之，不详生平。今存五言诗三首。

原文　伯成文不全佳，亦多惆怅。吴善于风人答赠①。许长于短句咏物②。汤休谓远云："吾诗可为汝诗父。"以访谢光禄云："不然尔，汤可为庶兄③。"

注释　①吴善于风人答赠：陈徐陵《玉台新咏》录吴迈远拟乐府四首，皆寓答赠之意。

②许长于短句咏物：许瑶之今存诗三首，其《咏楠榴枕》诗："端木生河侧，因病遂成妍。朝将云鬓别，夜与蛾眉连。"为咏物之作。许另二诗，亦为短章。

③汤休谓远云五句：此谓汤、吴之诗，非若父子有上下之分，乃兄弟行辈耳。汤休，汤惠休。远，指吴迈远。谢先禄，指

谢庄。庶兄,旁支之兄。

译文

毛伯成文章并非全好,有不少失意之词。吴迈远善于写乐府赠答。许瑶之擅长短句咏物诗篇。汤惠休对吴迈远说:"我的诗可以做你的诗的父亲。"并拿这话去访问谢庄,谢庄说:"不能这样说,你只能做他的表兄。"

附录 **櫂歌行** 吴迈远

十三为汉使,孤剑出皋兰。
西南穷天险,东北毕地关。
岷山高以峻,燕水清且寒。
一去千里孤,边马何时还?
遥望烟嶂外,障气郁云端。
始知身死处,平生从此残。

闺妇答邻人诗 许瑶之

昔如影与形,今如胡与越。
不知行远近,忘去离年月。

齐鲍令晖　齐韩兰英

题解　鲍令晖，鲍照妹，有才思，亚于明远。著《香茗赋集》行世。今存五言诗七首。

韩兰英，女，吴郡人。宋孝武世，献《中兴赋》，被赏入宫。宋明帝世，用为宫中职僚。世祖以为博士，教六宫书学。以其年老多识，呼为韩公。今存诗一首。

原文　令晖歌诗，往往崭绝清巧①。拟古尤胜②，唯《百愿》淫矣③。照尝答孝武云："臣妹才自亚于左芬，臣才不及太冲尔③。"兰英绮密，甚有名篇⑤。又善谈笑，齐武谓韩云："借使二媛生于上叶，则玉阶之赋，纨素之辞，未讵多也⑥。"

注释　①崭绝清巧：崭绝，原指山势高峻险要，引申为事物超越寻常。清巧，清丽细巧。如《拟客从远方来》："客从远方来，赠我漆鸣琴，木有相思文，弦有别离音。终身执此调，岁寒不改心。愿作阳春曲，宫商长相寻。"清丽小巧，独出一格。
②拟古犹胜：达按，鲍令晖拟古诗除上引《拟客从远方来》而外，尚有一首《拟青青河畔草》，亦佳。

③唯《百愿》淫矣：陈延杰据明钞本《诗品》谓作："唯百韵淫杂矣。"达按，《百愿》或"百韵"均佚。

④照尝答孝武云三句：左芬，晋人，左思之妹，好学能文，为晋武帝贵嫔，每有方物异宝，必诏芬作赋颂。照以己与妹令晖，自比于晋左思与其妹芬，又自愧才不逮。

⑤兰英绮密，甚有名篇：兰英诗今存一首，不知名篇者何？绮密，已见前注。

⑥借使二媛（yuàn）生于上叶四句：借使，假使。二媛，二女子，指鲍令晖、韩兰英。上叶，上世、前代。玉阶之赋，汉班婕妤退处东宫，作赋自伤，其词有："华殿尘兮玉阶落。"纨素之辞，班姬《团扇诗》有句"新裂齐纨素"，故云尔。多，胜也。

译文

鲍令晖的诗歌，往往清丽细巧，风格独特。她的拟古诗尤其出众，只有《百愿》之作，多而杂乱。鲍照曾经回答宋孝武帝说："我妹妹文才自在左芬之下，正如我的文才不及左思一样。"韩兰英华丽明密，很有些名篇，又善于谈笑。齐武帝对韩兰英说："假使你与令晖二位淑女生在前代，那么，'玉阶'之赋，《团扇》之章，未必称得上上乘之作了。"

附录

拟青青河畔草诗 鲍令晖

袅袅临窗竹,蔼蔼垂门桐。
灼灼青轩女,泠泠高堂中。
明志逸秋霜,玉颜掩春红。
人生谁不别,恨君早从戎。
鸣弦惭夜月,绀黛羞春风。

为颜氏赋诗 韩兰英

丝竹犹在御,愁人独向隅。
弃置将已矣,谁怜微薄躯。

齐司徒长史张融　齐詹事孔稚珪

题解　张融，字思光，吴郡人。初仕宋为新安王参军，出为封溪令。改为仪曹郎。齐高帝即位，累迁司徒兼右长史。建武四年卒，年五十四。现存诗四首，五言诗居三。

孔稚珪，字德璋，会稽山阴人。齐高帝时为骠骑，取为记室参军。建武初，累迁冠军将军、太子詹事、散骑常侍。现存五言诗三首。

原文　思光纡缓诞放①。纵有乖文体，然亦捷疾丰饶，差不局促②。德璋生于封溪③，而文为雕饰，青于蓝矣④。

注释　①纡缓诞放：纡缓，屈曲缓慢。诞放，纵放旷达，不受约束。②纵有乖文体三句：《南齐书·张融传》称齐太祖素奇爱融，见融常笑曰："此人不可无一，不可有二。"融尝为《门律自序》曰："吾文章之体，多为世人所惊，汝可师耳以心，不可使耳为心师也。夫文章岂有常体，但以有体为常，政当使常有其体。"融临卒，又戒其子曰："吾文体英绝，变而屡奇，既不能远至汉魏，故无取嗟晋宋。"是谓"有乖文体"也，有乖为文之常体也。参阅评张永文体注。捷疾，指思敏文捷。差，大致。局促,拘束、拘谨。亦作偪促。

③德璋生于封谿:张融尝为封谿令,稚珪从之学诗,故云德璋生于封谿也。

④青于蓝:《荀子·劝学》:"青,取之于蓝,而青于蓝。"蓝,蓝草,染青色之草。弟子胜于老师之谓也。

译文

张融诗节奏缓慢,语意纵放,纵然文体不同常规,但也才敏思捷,寓意丰厚,大体上不显拘束。孔稚珪诗学成于封谿令张融,措辞雕饰,所谓"青出于蓝而胜于蓝"了。

附录

别诗　张融

白云山上尽,清风松下歇。
欲识离人悲,孤台见明月。

白马篇　孔稚珪

骥子局且鸣,铁阵与云平。
汉家嫖姚将,驰突匈奴庭。
少年斗猛气,怒发为君征。

雄戟摩白日,长剑断流星。
早出飞狐塞,晚泊楼烦城。
虏骑四山合,胡尘千里惊。
嘶笳振地响,吹角沸天声。
左碎呼韩阵,右破休屠兵。
横行绝漠表,饮马瀚海清。
陇树枯无色,沙草不常青。
勒石燕然道,凯归长安亭。
县官知我健,四海谁不倾。
但使强胡灭,何须甲第成。
当今丈夫志,独为上古英。

齐宁朔将军王融　齐中庶子刘绘

题解　王融，字元长，琅琊临沂人。祖王僧达，王俭从子。举秀才，为晋安王南中郎参军。历晋陵王司徒法曹参军，中书郎兼主客郎。竟陵王萧子良以为宁朔将军军主。郁林王即位，收下廷尉狱，赐死，年二十七。明人张溥辑有《王宁朔集》。

刘绘，字士章，彭城人。初为齐高帝行参军，历位中书郎。竟陵王开西邸，绘为后进领袖。高宗即位，出为宁朔将军。梁武帝萧衍起兵，朝廷以绘持节督四州军事。卒年四十五。今存五言诗八首。

原文　元长、士章，并有盛才①，词美英净。至于五言之作，几乎尺有所短②。譬应变将略，非武侯所长，未足以贬卧龙③。

注释　①元长、士章，并有盛才：《南齐书·王融传》云："融少而神明警惠，博涉有文才。"又云："上幸芳林园禊宴朝臣，使融为《曲水诗序》，文藻富丽，当世称之。"《南齐书·刘绘传》云："绘聪警有文义，善隶书，数被赏召，进对华敏。"又云："永明末，京邑人士盛为文章谈义，皆凑竟陵王西邸。绘为后进领袖，机悟多能。时张融、周颙并有言工，融音旨缓韵，颙辞致绮捷，绘之言吐，又顿挫有风气。时人为之语曰：'刘绘贴宅，别开一门。'言在二家之中也。"是元长、士章并有盛才之证。

②尺有所短：《楚辞·卜居》："尺有所短，寸有所长。"以喻人事之各有短长，未可一概而论也。

③应变将略三句：大将应对变化之谋略谓应变将略。诸葛亮封武乡侯，故称武侯。《三国志·蜀志·诸葛亮传》："连年动众，未能成功。盖应变将略，非其所长欤！"又"（徐庶）谓先主曰：'诸葛孔明者，卧龙也。'"此言元长、士章短于诗，未足贬损焉。

译文 王融、刘绘，都有大才，文词精美炼净。至于五言诗，可以说是"尺有所短"了。比方说，应对机变的大将谋略，不是诸葛亮专长，也不能因此而贬低诸葛亮啊！

附录 采菱曲　王融

炎光销玉殿，凉风吹凤楼。

雕辀傃平隰,朱棹泊安流。
金华妆翠羽,鹢首画飞舟。
荆姬采菱曲,越女江南讴。
腾声翻叶静,发响谷云浮。
良时时一遇,佳人难再求。

饯谢文学离夜　刘绘

汀洲千里芳,朝云万里色。
悠然在天隅,之子去安极?
春潭无与窥,秋台谁共陟?
不见一佳人,徒望西飞翼。

齐仆射江祏

题解 江祏（shí），字弘业，济阳考城人。永泰元年，为侍中中书令，转右仆射。诗不传。

原文 祏诗猗猗清润；弟祀，明靡可怀①。

注释 ①猗猗（yī）：美貌。《诗经·卫风·淇奥》："瞻彼淇奥，绿竹猗猗。"明靡：明媚华靡。达按，江祏，《南史》《南齐书》均有传，江祀事迹附其中，而无涉文事。二人诗今不传。江祀不属一百二十二人之列，因兄及弟故也。

译文 江祏的诗，清秀圆润，十分美好；他弟弟江祀的诗，明媚华美，值得怀念。

齐记室王巾　齐绥建太守卞彬
齐端溪令卞录

题解　王巾，字简栖，琅琊临沂人。有学业，起家朔州从事，征南记室，天监四年卒。诗不传。

卞（biàn）彬，字士蔚，济阴冤句人。为南康郡丞，后为绥建太守，卒官。今存七言《自为童谣》一首，见《南齐书》本传。五言不存。

卞录，生平不详。

原文　王巾、二卞诗，并爱奇崭绝①。慕袁彦伯之风②。虽不宏绰，而文体剿净③，去平美远矣④。

注释　①爱奇崭绝：陈延杰曰，明钞本《诗品》"奇"上有"清"字。崭绝，见鲍令晖注。

②袁彦伯之风：袁宏之诗风。

③宏绰：宏大。剿（jiǎo）净：简明。

④平美：平稳和美。

译文　王巾和卞彬、卞录，都爱新奇、独特，仰慕袁宏的诗风。虽气象欠宏大，但文风简明；离平稳和美的格调就远了。

齐诸暨令袁嘏

题解　袁嘏,陈郡人。建武末,为诸暨令。诗不传。

原文　嘏诗平平耳,多自谓能。尝语徐太尉云:"我诗有生气,须人捉着。不尔,便飞去①。"

注释　①尝语徐太尉云五句:《南齐书·文学传》云:"陈郡袁嘏,自重其文。谓人云:'我诗应须大材迮之,不尔飞去。'建武末,为诸暨令,被王敬则所杀。"

译文　袁嘏的诗平平常常,往往自以为了不起。曾经对徐太尉说:"我的诗生气勃勃,必须有人捉住。不然,就飞走了。"

齐雍州刺史张欣泰　梁中书郎范缜

题解　张欣泰,字义亨,竟陵人。建元初,历官宁朔将军,累除尚书都官郎,后出为永阳太守,后为雍州刺史。诗不传。

范缜,字子真,范云从兄。仕齐,位尚书殿中郎,后为晋安太守。梁天监四年迁尚书左丞。以驳佛教神不灭论徙付广州,还为中书郎、国子博士。今存诗一首,题为《拟招隐士》,杂言。

原文　欣泰、子真,并希古胜文①。鄙薄俗制,赏心流亮,不失雅宗②。

注释　①希古胜文:希,仰慕、企求。古胜文,古之好文章。
②鄙薄俗制三句:俗制,当代流行甚广的一般趋新诗作。流亮,流畅、明亮。雅宗,古雅的传统。

译文　张欣泰、范缜,都仰慕古代的好文章,看不起当代流传的凡俗之作,喜爱流畅明朗的风格,保留着古雅的传统。

梁秀才陆厥

题解 陆厥，字韩卿，吴人。州举秀才，后至行军参军。少有风概，好属文，善四声。永明诸人之一。卒年二十八。今存诗十五首，五言诗十二首。《南齐书·文学传》称厥"五言诗体甚新奇"。

原文 观厥文纬，具识丈夫之情状①。自制未优，非言之失也。

注释 ①观厥文纬两句：陈延杰《诗品注》以为："文纬乃言理者，或即指厥与沈约论宫商书。"达按，沈约《宋书·谢灵运传论》论四声五音谓："自灵均以来，此秘未睹。"《南齐书·陆厥传》载陆厥《与沈约书》云："辞既美矣，理又善焉。但观历代众贤，似不都暗此处，而云'此秘未睹'，近于诬乎？"又，许文雨《文论讲疏》以《文纬》为陆厥佚著。具识丈夫之情状，钱钟书《管锥编》第1450页曰："'丈夫'二字必误，疑'丈'乃'文'之讹，后世不察其讹，而又不解其意，遂增'夫'字足之。"具，俱也。

译文 统观陆厥之论文理,完全懂得文章之道。但自己的诗作,未必很好。这不能说他论文的话不对。

附录 **蒲坂行** 陆厥

江南风已春,河间柳已杷。
雁反无南书,寸心何由写。
流泊祁连山,飘飖高阙下。

梁常侍虞羲　梁建阳令江洪

题解　虞羲，字子阳，会稽人。齐始安王引为侍郎，寻兼建安征虏府主簿功曹。又兼记室参军。天监中卒。存诗三十一首，五言诗十一首。

江洪，济阳人。工属文，为建阳令。坐事死。存五言诗十八首。

原文　子阳诗，奇句清拔，谢朓常嗟颂之①。洪虽无多，亦能自迥出②。

注释　①子阳诗三句：明胡应麟《诗薮·外编》卷二云："宋、齐之末，靡极矣，而袁阳源《白马》，虞子阳《北伐》，大有建安风骨，何从得之？"清拔，清劲、拔俗。谢朓嗟颂，其事不详。
②迥（jiǒng）出：高远出众。

译文　虞羲的诗，其佳句清劲拔俗，谢朓常常吟咏叹赏。江洪诗虽不多，也自能高远出众。

附录　咏霍将军北伐诗　虞羲

拥旄为汉将，汗马出长城。
长城地势险，万里与云平。
凉秋八九月，虏骑入幽并。
飞狐白日晚，瀚海愁阴生。
羽书时断绝，刁斗昼夜惊。
乘墉挥宝剑，蔽日引高旍。
云屯七萃士，鱼丽六郡兵。
胡笳关下思，羌笛陇头鸣。
骨都先自誓，日逐次亡精。
玉门罢斥堠，甲第始修营。
位登万庾积，功立百行成。
天长地自久，人道有亏盈。
未穷激楚乐，已见高台倾。
当令鳞阁上，千载有雄名。

咏荷　江洪

泽陂有微草，能花复能实。
碧叶喜翻风，红英宜照日。

移居玉池上,托根庶非失。
如何霜露交,应与飞蓬匹。

梁步兵鲍行卿　梁晋陵令孙察

题解　鲍行卿,以博学大才称,位后军临川王录事,兼中书舍人,迁步兵校尉。上《玉璧铭》,受褒赏。又好韵语。

孙察,事迹不详。

原文　行卿少年,甚擅风谣之美①。察最幽微,而感赏至到耳②。

注释　①风谣:指乐府歌谣。

②察最幽微:言孙察能探幽入微,善解物理,感受和鉴赏作品至精至到。

译文　鲍行卿年少翩翩,非常擅长于乐府歌谣。孙察善于探幽入微,妙解物理,感受鉴赏能力至精至到。

本书获2018年贵州省出版传媒事业发展专项资金资助

图书在版编目(CIP)数据

诗品全译/(梁)钟嵘著；徐达译注. — 贵阳：贵州人民出版社，2021.8
（中国历代名著全译丛书）
ISBN 978-7-221-16655-5

Ⅰ.①诗… Ⅱ.①徐… Ⅲ.①古典诗歌—诗歌理论—中国—梁代②《诗品》—译文
Ⅳ.①I207.22

中国版本图书馆CIP数据核字（2021）第148942号

出 版 人：	王　旭
责任编辑：	孙家愉
装帧设计：	晓笛设计工作室　舒刚卫　刘清霞
责任监印：	尹晓蓓　唐锡璋

书　　名：	诗品全译
著　　者：	[梁]钟嵘
译　　注：	徐　达
出版发行：	贵州出版集团　贵州人民出版社
地　　址：	贵州省贵阳市观山湖区会展东路SOHO办公区A座
印　　刷：	北京雅昌艺术印刷有限公司
开　　本：	880mm×1230mm　32开
印　　张：	9.375
字　　数：	170千字
版　　次：	2021年8月第1版
印　　次：	2021年8月第1次印刷
书　　号：	ISBN 978-7-221-16655-5
定　　价：	47.00元

本书若有印装质量问题，影响阅读，请与出版社联系调换。